于谦杂货铺

于谦 著

果麦文化 出品

目录

开场白：
不撒欢儿的暑假是不值得过的！1

童年

动画片 13 / 看电视 24 / 玩虫子 40
功夫片 60 / 收音机 75 / 运动会 90
自行车 105

在人间

摇滚 119 / 高跟鞋 133 / 军大衣 148
烫头 162 / BP机 175 / 谈恋爱 188

我的大学

结婚 202 / 老北京 220 / 搓澡 233
手串儿 251 / 潘家园，报国寺 270
减肥 290 / 闲白儿 309

开场白：
不撒欢儿的暑假是不值得过的！

各位好，我是于谦。

我小时候就愿意放假。寒假暑假都喜欢，尤其喜欢暑假，怎么呢？暑假时间长啊，将近两个月，得玩儿！夏天嘛，可玩的东西比较多，游泳啦，爬山啦，逮蜻蜓、粘唧鸟儿（蝉）啦，你能去户外，不像寒假似的西北风嗖嗖刮着，外边再下着点雪，出去都得揣着手，那就没啥意思了。

我最喜欢的一点是，暑假白天长，早上五六点钟天就亮了，到晚上八点多钟天还亮着，那多得玩啊！而且那时候父母都是双职工，早上七点多钟上班，恨不得下午六七点钟才能回来，整个一白天，孩子搁在家里头足反足折腾，没人管！

有朋友说了，你这不废话吗，学生哪有不爱放假的？这话，您还真不能说得太绝对，有些学生他还就不喜欢放假，尤其是不喜欢过这个中国式暑假。

这两年，"中国式"这词出现得挺频繁，像什么中国式离婚、中国式占座、中国式过马路，多了。好像但凡沾上"中国式"这仨字的东西，多数还都带点贬义。

什么叫中国式暑假呢？有几个特点。第一，放暑假以后依然还有任务，还得学，上各种辅导班、兴趣班，整天忙着这班倒那班。第二呢，还有繁重的暑假作业，对孩子们是个挺大的负担，老得惦记着那点作业，写不完挨老师批啊，所以压力也不小。第三，暑假作业也写完了，兴趣班、辅导班也上完了，实在没事儿了，仅剩的那么点休息时间，也没什么可玩的。不像以前的孩子，满胡同追跑打闹，成帮成伙地扇方宝、弹弹球、拔老根、抽汉奸、滚铁环，玩的东西多。一是现在外边车多人多，确实没什么地方。二是现在都住楼房，恨不得楼上楼下都不认识，孩子们也没伴儿。再有呢，真是几个孩子成帮成伙蹲那儿扇方宝、弹弹球，孩子还没玩呢，家长就得说：这多脏啊！站起来，回家去！

现在的孩子们，只能在家看看电视，玩玩游戏，窝在那儿。虽然他也觉得挺有兴趣，但是，将来让他回忆起来，好像就没有那么兴奋，没有那么快乐。现在好多孩子不愿意放暑假，因为放假真的比上学还累。

从我小时候开始，孩子们上学的书包越来越大，咱们一直说给孩子减负，我觉得效果不是很明显，怎么呢？从孩子的书包就能看出来。我小时候上学，所有孩子顶多就背个绿军挎，军挎才多大啊？比书本大得有限，装个数学书、数学本，装个语文书、语文本，完啦！小学、中学也不学太多课程。

后来就不行了,到八九十年代,就得是双肩背。搁的东西多,得有两三个军挎那么大,里头装得鼓鼓囊囊的。好家伙!孩子背着个双肩背都省得穿背背佳了,整个都累得仰着走,沉呐。

再往后就双肩背都不成了,我看孩子们现在上学都提拉杆箱。也不是拉杆"箱",就那种底下带轱辘的软包,上头还有个拉杆,学生每天得拉着书包上学。

中小学生减负这事,那可真是说了好多年了,打从80后上学那会就说,说到现在,这负好像还越减越重。有人说了,社会在不断发展,大家都必须适应生活节奏的变化,应该把暑假过成第三学期,也算跟上时代的步伐。

我是1969年生人,上学差不多是从70年代中期到80年代末。当时年轻人唯一有前途的出路是考大学,大伙都玩儿命学习,千军万马过独木桥，家长、老师对分数也很重视。

放暑假以前，先得过分数这关。班主任给你张成绩单，回去让家长签字——按分赏罚。期末考双百的就不用说啦。九十分以上，那基本想要什么，家长就都能给买。八十来分呢？算是不奖不罚。一到七十分，这孩子心里边就有点儿打鼓，到家里就得看家长高兴不高兴，多少就得挨几句批评，暑假的自由度也得受点限制。

你要说七十都没考上，考六十分、考不及格？那完了，这顿打是非挨上不可。而且你要是说我咬牙、我挨打，挨完打就完了？且完不了呐！这一暑假，也不是不能玩，嗬，玩不痛快！正当你玩得高兴的时候，大人过来："还玩呢！就考那些分，还有脸玩呢！看书去！"甭管你看不看，就这么捎带你一句，反正玩也玩不痛快，堵得慌！而且你这书不看还真不行，开学得补考啊。

所以要想过好这暑假，你还真得对期末考试下点功夫。所以那时候孩子们有句话："分儿，分儿,学生的命根,六十万岁,六十一浪费,五十九受罪。"现在的孩子不讲这个了,他们也流行一句话:"考前当学霸,幸福一暑假;上网一时爽,期末火葬场。"

反正像我这种,一直在学习上没什么追求,也知道自己怎么回事儿,准知道考不上大学的,暑假的时候我就奔着六十分去,赶紧学完了考完了,踏踏实实玩一暑假。

暑假玩什么呀?可玩的东西尤其多!

要是不想出门,就愿意在家看武侠小说的,那时候梁羽生、古龙,尤其喜欢看金庸先生的武侠小说,"飞雪连天射白鹿,笑书神侠倚碧鸳",翻回来调过去地看,百看不厌。

要是小孩一二年级,没认识那么多字,看不了小说,可以看小人书。买!成摞成摞地买,街上有小人书摊,买不起还能租。那时候专门有种租小人书的买卖,干这个的多数是老头儿,找大街上不碍事的地方放个书柜,上头摆着各种小人书，几分钱租一本，不能拿走，摊边上搁一圈小板凳，你就坐那看，看完了再还回去。

那时候孩子们没事干就都租小人书看去。书上连字带画，字不多，就两三行，那画画得特别生动。小人书做得好，孩子们拿着零钱就去看。那时候家长每天也就给个一两毛钱，够买个冰棍什么的。想看书就甭吃冰棍，吃冰棍就别看书。要是想多看书，还能吃冰棍呢？所以后来孩子们就自己想主意，那主意都新鲜着呢！就得多叫几个同学去，我租一本小人书，看完了我传给你，你看完了呢再传给他，咱仨打一配合，然后你们俩省的钱请我吃冰棍。你瞧，小孩会算计！

那时候我们一小学同学，看书老不花钱。我就说，你怎么看书不花钱？他还不跟我说。后来我才知道，他跟那老头说好了，每次来至少给你带三个以上小同学，我这书呢，白看。你看那时候这小孩就有生意头脑！逼得没办法啊，要不冰棍吃不上啊！

这是看书。要不就是看电视。

我小时候的电视是九寸黑白的。家里富裕一点的,有十二寸黑白的、十四寸彩色的,嚯,那就了不得了!那时候都是国产电视,当时北京最好的彩电是牡丹牌,1985年卖一千五百块钱左右,我还有印象。

孩子暑假就看电视,八六版的《西游记》,那是逢暑假必播。后来还有《还珠格格》《新白娘子传奇》《济公》,把孩子吸引得瓷瓷实实的,集集不落!说起电视剧,哪集跟哪集,脱口而出,指不定看多少遍了呢!

我上学的时候还没这个。您想《西游记》是八六年的,我上学那是七几年,九寸黑白电视机也不是家家都有,有的家里买不起,所以吃完饭就跟人约着,搬一小板凳上邻居家看电视去。那时候没有国产电视剧,电视台特流行播日剧,最有名的像《警犬卡尔》《血疑》《阿信》,风靡一时,这可是我那个年代中国人的共同记忆。播的时候大街上恨不得一个人都没有，大人孩子一块儿看电视呐。

您说不愿意在家待着了，老跟家看武侠、看电视看烦了，想出去，那可玩的就更多了！

那时候都住平房、大杂院儿，院子中间有公用的水管子。暑假热呀，孩子们最喜欢的就是玩水。互相滋水，拿盆儿互相撩，家里条件好点的就买个滋水枪，灌上水，也是互相滋。我们那时候觉得滋水枪水流太细，不过瘾，都愿意自己做。有朋友在医院的，就跟人要一根静脉注射时勒一下的那种胶皮管，搁在水管子上，把水开足了，憋在那儿，就跟吹气球似的马上要炸了。掐着这头，想滋谁冲着谁，那水流大，一下就把人全身都滋湿咯。再不过瘾，就把水龙头开到最大，然后用大拇哥把出水口堵一半、露一半，看人在哪还能转方向，玩疯了！

再不过瘾，那就别玩这个了，游泳去吧！

我小时候北京最高档的游泳场在南城，陶然亭公园。那就上档次了，五分钱一张门票，家长给两毛，连游泳、坐车带吃冰棍，都有了。

你要说家里不给钱，还想游泳，也行啊，北京玉渊潭、八一湖，就是游野泳的地方。虽然不要钱，但也专门修了游泳区域，上岸的时候还有台阶。当然现在八一湖不让游泳了，以前让游泳，八一湖、玉渊潭、什刹海，都让游。那时候城里边的孩子，往北一点的就奔什刹海，往南一点的就奔八一湖，但是都觉得八一湖、玉渊潭的水比什刹海清亮，水面也大，所以那儿比较有名。

那时候都说：游泳就得上八一湖，看节目就得上红塔礼堂。咱这又提到一个，没事干，干吗去？看节目去。红塔礼堂就在现在月坛边上，这个礼堂档次比较高，条件比较好，是国家计委的礼堂。

那时候太好了，所有的东西都觉得特别有兴趣。约一帮孩子，骑着自行车，或者坐公交车，下了公交车还得走半个多小时才能到玉渊潭、八一湖的水边。脱了衣服,穿一小裤衩儿,就游(在家就换好了!)。心心念念地就下水,噼里扑隆,在水里边打啊玩啊游啊。玩得痛快了,出来以后,甭管是逮蜻蜓啊,粘唧鸟儿啊,躲猫猫啊,假山后面满世界躲啊藏啊,随便玩儿,一分钱都不花!

那时候的孩子,我觉得是特别特别快乐。您要说我们那时候的暑假不如现在的"中国式暑假"有意义?我看未必,反正那时候我过得挺痛快。说来道去,我觉得孩子们放暑假还是要多玩,毕竟玩是孩子们的天性,孩子们能从玩中学到很多知识,领悟到很多东西。至于学习基础知识,晚两年不着急,早晚得会。但是,真正从玩中体会到的东西,才是这个年龄段应该体会的东西。一过了这个年龄段,他学习这种东西的时候也就过去了。

童 年

动画片

去年有部电影火了,《哪吒之魔童降世》,不知道您看过没看过。

我小时候就有这种影片,其实就是动画片,这些动画片伴着一代又一代人成长。这几年动画电影越来越多了,甚至有一些以前看过的日本漫画也都在大银幕重映了。说实话,一代一代的这些大人啊,其实心里边都住着个小孩儿,甭管多大,都是看着动画片儿长大的,最起码还保留着一个童心的影子。

正经说起来,我这一代人是看着日本动漫长大的,只不过那会儿还不叫动漫,叫小孩片儿,而且差不多都有十来年的时间差。就拿80年代末特火的《恐龙特急克塞号》来说，这片子在日本其实是1978年就开始播了，山西电视台1988年才给引进过来，还是意大利版。女主角阿尔塔夏公主的扮演者叫村野奈奈美，1958年生人。我是1969年的，要论起来，我都得叫声姐。

不过呢，单从传统艺人的角度来说，这些片子演来演去，其实都没跑出评书的套路。

传统评书专有路活儿，叫公案题材，像什么《包公案》《彭公案》《施公案》《侠义英雄传》，还有《雍正剑侠图》。您想想，这类评书的情节都是怎么设计的？

开头都是大人奉旨查案，然后要么是大人的什么东西，镯子、圣旨、金牌、尚方宝剑之类的，丢了，让人满世界找去；要么就是大人受伤了、中毒了，怎么着也得找解药去啊！这两个套路要是用得絮烦了，实在没辙了，那干脆就把大人给丢了，大伙再找大人去，在找的过程中引发一系列的故事。讲来讲去，其实换汤不换药，都一个路数。

日本人拍的小孩片，差不多也这路数。远的不说，就说90年代的《圣斗士星矢》。城户纱织，雅典娜女神的化身啊，跟这动画片里边应该是道行最高的了吧？可是您瞧，她要么是把射手座的黄金圣衣丢了；要么就是让人给逮走了，捆得跟粽子似的，跟那儿等着人救；要么就是胸口上挨了一箭，躺地上昏迷不醒，星矢、紫龙这帮人再闯十二宫救她。闯宫就闯宫呗，还得计时，明明青铜级的干不过黄金级的，让人揍得跟烂酸梨似的，到时候小宇宙突然一爆发，嚯，还就逆袭成功了。

您瞧，日本的动漫，大部分从开始就是讲一个普通人的故事，最后成功逆袭。所以一直很励志，用今天的话说是很中二、很燃。

要说起来，日本人也有跟咱们不一样的地

方。中国的小孩片儿,但凡扯上"找",一般都是找妈妈。有代表性的,《小蝌蚪找妈妈》;再往远了说,中国有个传统神话故事叫《目连僧救母》,人家救的也是妈;还有《宝莲灯》,沉香劈山救母。包括咱们提到祖国,那也是祖国母亲,没什么人说祖国父亲的。

跟妈更亲近,可能是人的一种天性。就拿回家这事儿来说,推开家门,多数人说的第一句话肯定是喊"妈"。走大街上,甭管从哪儿蹿出个什么人来,吓您一跳,您肯定也喊"哎哟妈呀",没有喊"爸呀"的,这就是人的天性。

日本人的路数还真不大一样,人家经常爱找爸。就拿宫崎骏的《千与千寻》来说,这故事跟日本民间传说《龙子太郎》的意思差不多,都是大人吃了什么东西,变成动物了,孩子再想方设法,跟唐僧取经似的去救。最大的区别就是《龙子太郎》光救妈,《千与千寻》连妈带爸一块儿救。

1986年,中国还引进了个日本动画片《咪咪流浪记》，那就光是找爸，没妈什么事儿了。您要是不知道《咪咪流浪记》这动画片，那也没关系，我给您讲讲那主题曲，是这么唱的："我要我要找我爸爸，去到哪里也要找我爸爸……"

这首歌，其实我到现在也没闹明白正式名字到底叫什么，当年都管它叫《找爸爸》。大伙儿印象挺深，就是因为这首歌太有特点了，跟咱们习惯的思维方式不一样。当年唱这首歌的小姑娘叫孙佳星，地道北京孩子。

1983年，中国引进了个日本动画片《聪明的一休》，70后和80后对这个动画片应该特有感情。孙佳星也给《聪明的一休》唱的主题歌，嘀，后来就火了，成了儿童歌曲专业户。像什么《花仙子》《黑猫警长》《蓝精灵》《咪姆》《米老鼠和唐老鸭》，还有刚才说的《咪咪流浪记》，这些动画片的主题歌都是她唱的。

90年代以后，孙佳星不唱了，电视台引进日本小孩片儿的传统可没变。像什么《七龙珠》

《大白鲸》《小飞龙》《机器猫》《柯南》《太空堡垒》《奥特曼》，我一说，大伙儿都熟。这些片子陪伴了从我开始，一直到现在，几代中国孩子的童年和青年。

说起这些日本小孩片儿，有个挺好玩的事儿，值得咱们多聊两句。

想象未来，是好多日本小孩片儿的主题。这也算是人的天性，小的时候总是想未来怎么样、长大了以后怎么样。等到真长大了、老了呢？就开始怀旧，老爱想过去怎么样、小时候怎么样。想来想去，想象中的未来，不知不觉就变成了现实里的过去。

您就拿70年代末引进的《铁臂阿童木》来说吧，它设想的故事时间，是在遥远的21世纪，有这么一位爱科学的好少年，善良勇敢，拥有十万马力，七大神力，能上天入地，无私无畏，捍卫正义。这歌词里边都写了。现在掉过头想想，动画片里阿童木大显神威的那个年代，不就是今天吗？21世纪！

还有《恐龙特急克塞号》，人家上来就告诉您说，在那遥远的21世纪，有那么一群勇敢的人，要驾驶着克塞号穿越时间隧道去拯救地球。不就是这个吗，21世纪？演《克塞号》那会儿，我也才十七八岁，当时就想："你说这21世纪，它得是多老远的事儿啊？等到了那时候，这世界得变成什么样啊？"

其实我那会儿旁的不惦记，成天就想弄个克塞帽戴戴。什么叫克塞帽？看过那动画片的都有印象，克塞戴的那帽子，实际上就跟摩托头盔差不多，圆的，塑料的，红色的，就护目镜那块是黑的，透明，能看见外头。克塞不就戴那么个玩意儿吗？

小孩儿跟一块玩，女孩都愿意当阿尔塔夏，男孩那甭说了，都愿意当克塞。脑袋上戴着那么一玩意儿，嘴里还有套顺口溜："克塞、克塞，上街买菜，格德米斯，坚决不卖；阿尔塔夏，偷棵白菜。"

说着说着，转眼三十年就过去了，咱们不光进了21世纪，还跟21世纪折腾二十年了。去年3月23日，《克塞号》在中国播出三十周年，演克塞那日本演员大西彻也，还特意跑到石家庄跟中国观众见了个面，打了个招呼。也不知道这哥们儿是坐飞机来的，还是让人间大炮给崩过来的？有意思。

最有意思的，还得说《太空堡垒》。其实最早啊，这动画片是三个片儿，分别叫《超时空要塞》《超时空骑团》和《机甲创世纪》，这仨，谁跟谁都不挨着，日本人拍的，每一个也就三十来集。后来美国人把这三个动画片引进后，按他们美国人当时的习惯，一个动画片三十来集太少，人家要播得长，导演就把这三个动画片重新给串了一下，串成一个了！中国人熟悉的《太空堡垒》，就是美国人改编的版本。

1991年,上海电视台引进,播放的时间段正赶上70后、80后上中小学。七年以后,电视上又重播了一回,那时候90后就开始记事了。这部动画片,可以说是三代中国人共同的童年记忆,直到现在跟网上还挺火。

您还记得《太空堡垒》开篇是怎么说的吗?1999年,一艘先进的外星宇宙飞船降落在地球上,各国联手组织力量开始维修。2009年,飞船修好,女主角丽莎登场,那年二十四岁。

说起《太空堡垒》,就让我想起吴京主演的《流浪地球》来了,这电影设想发生的时间是2075年。我跟这儿实在想象不出来,等到2085年、2095年,那时候要是有人再看这电影,会是个什么感觉?会不会跟今天咱们再看《太空堡垒》的感觉差不多?这可能就应了那句话:只有回不去的过去,没有到不了的未来。

就我们今天这些日子,三十年以后再想起

来，真的就跟做梦似的。

说到做梦，《千与千寻》的最后，女主角总算把父母给救过来了，然后按着童话的传统套路，三个人手拉着手离开汤婆婆的魔法小屋，从此过上了幸福的生活。可就在一只脚迈出魔法小屋的这当口儿，千寻就把以前的经历给忘了，最后也闹不清楚，自己到底是做了个梦呢，还是真有这么回事儿？

为什么魔法小屋叫汤婆婆的小屋呢？这说法，其实也是从中国文化套过去的。中国古人认为，人死了以后得转世投胎，投胎以前，还有道手续，就是喝孟婆汤。喝了这孟婆汤的人，就把上辈子的事儿都忘干净了，生下来又是白纸一张，重新开始。

浮生若梦，我琢磨着，这就是导演想要告诉观众的东西。

人的日子就是这样，过着过着，好多东西慢

慢地也就忘了。十年、二十年以前的不说,您现在闭上眼,就想想去年的今天,您在干什么,恐怕都想不起来了吧?那感觉,实际上就跟做梦差不多。

看电视

不知道您哪位,给电视机扇过扇子?我这话一出口,估计您就得问:你是不是又喝了?再不就是吃药没开灯?

您要这么问,说明您还年轻。听了这问题,要是能发出会心微笑的朋友,往少了说,也得是三张往上的人了。

多咱扇凉,多咱算完

给电视机扇扇子这举动,应该是70后、80后,再有就是岁数稍微大点儿的90后,共同的童年记忆。那时候电视好像最多也就五六个台，可不知道为什么，小孩儿就觉得特别有吸引力，只要在家，就惦记着把电视机打开。什么都看，只要有节目就看，一直看到"再见"俩字儿出来，还得看半个小时雪花。

当年的小孩，最烦的就是礼拜二。为什么烦礼拜二呢？因为礼拜二下午电视台集体休息、检修，没节目，打开电视机全是彩条。所以那时候，每到礼拜二下午，大街上背着书包溜达的小孩最多，放了学也不着急回家了，回家也没什么可惦记的，还不如在大街上过过风儿呢。

剩下那几天就不一样，放了学得跑着回家，抓紧时间看电视。特别是晚上六点多的动画片，那耽误不得，耽误一集后悔一辈子。所以那时候，家长就把看电视当成教育孩子挺重要的一个奖惩措施。

您比如说，最近孩子跟学校表现不错，没让老师请家长，考试甭说双百吧，最起码八九十分，电视就可以适当地多看一会儿。要是最近让老师请了家长，考试还来几个不及格，那崴泥了，正常能看电视的时间也不让你看了，就成心恶心你。有那不是特别自觉、脸皮厚的孩子，到平常看电视的点儿，手刚一摸遥控器，家长一句话就能把你给噎回去："哟嗬，就你最近跟学校这表现，还有脸看电视呐？赶紧学习去！"

话说回来，那时候的家长多数都是双职工，早上走得比孩子还早，晚上回来得比孩子还晚，赶上寒暑假，更不可能成天介老这么看着。您说不让看电视，那怎么办呢？就只能上班以前，临出门，把遥控器给藏起来。就跟现在父母拔网线，给电脑、平板儿设密码，那意思差不多。

魔高一尺，道高一丈嘛。那时候的家长，都是藏遥控器的高手；孩子呢，都是找遥控器的高手。甭管家长把遥控器藏得多严实，都能给你翻出来，然后掐着家长下班回家的点再给放回去，一切恢复原状。往书桌那儿一坐，作业本打开，手里拿着笔瞎划拉。家长回来一看,"嗬,孩子挺乖,知道上进啦,没人催着自己就学习呢,没看电视!"您瞧,还挺高兴。

有这么句话嘛,叫细节决定成败。遥控器放回去以前,有个特别重要的细节必须得注意。什么细节呢?就是给电视机降温。当年好多家长其实也知道孩子蔫吧唧儿在家看电视,进门第一件事就是伸手摸电视机,看看后头热不热。

这招儿啊,我估摸着,是跟老电影《永不消失的电波》学的。《永不消失的电波》里边有个桥段,地下工作者半夜正发报呢,他那发报机伪装成了老的话匣子收音机,鬼子敲门,搜查。老鬼子进门儿第一件事,就是伸手摸话匣子,然后问:"你地(的)电台为什么是热地(的)?"

家长进门儿摸电视机也是这原理,热的,就说明刚才有人看过。小孩就得想对策啊,不能擎着等挨揍啊,是不是?算计着家长该回来了,提前十几分钟、半个小时就把电视关了,散热。夏天散热没那么快，怎么办呢？那就拿扇子扇。多咱扇凉了，多咱算完。

《乌龙山剿匪记》

好多人小时候追剧，应该都是这么追出来的，现在回忆起来，反倒觉得比现在上网没人管，五十集的电视剧一天看完有意思、印象深。有的那小时候追过的老电视剧，二三十年以后，您可能都想不起来里边具体讲的是什么，人物都谁是谁了，可主题歌还是张嘴就来。

就拿1985年来说，《济公》火遍大江南北，这电视剧的主题歌，满大街到处都有录音机、大喇叭跟那儿放："鞋儿破，帽儿破，身上的袈裟破……"小孩儿平时素着唱觉得不过瘾，还得扮上，犄角旮旯捡把破扇子，拿张报纸叠个济公的帽子戴着，跟大街上一边走一边唱，化装表演。

1985年《济公传》火了，1986年《西游记》

火了，满大街都唱："你挑着担，我牵着马，迎来日出，送走晚霞。"1987年，观众的欣赏口味变了，那年有个讲湘西剿匪的电视剧特别火，叫《乌龙山剿匪记》。

《乌龙山剿匪记》首播是在每天晚上七点半，播完《新闻联播》以后，黄金时间。总共十八集，每天就播一集。当时报纸上有新闻说，播《乌龙山剿匪记》这十八天，全国各大城市每天晚上刑事犯罪的发案率明显下降。为什么呀？犯罪分子都跟家猫着追剧呐，没工夫出来犯罪啊。

我那年十八岁，正是喜欢看打仗、看打打杀杀的年纪。《乌龙山剿匪记》里边的人物，田大膀、四丫头、钻山豹，还有使双枪、拿盒子炮的何排长，那印象都特别深刻。何排长耍的是盒子炮，这部电视剧播出以后，小孩儿里边就流行过一阵拿纸叠盒子炮玩具枪。叠盒子炮的那纸，必须得用硬的好白纸，次点儿的也得是用挂历纸，把白的那面翻在外头。

现在办公室用点A4纸大伙儿都觉得不算什么，那时候不一样，一个盒子炮，光枪管就得用一整张的好白纸，枪把儿、梭子加起来，也得十几张白纸，算得上是一个高成本的玩具。当年哪个小孩儿手里要是能拿两把纸叠的盒子炮，跟大街上学着何排长左右开弓，嘴里再"嘭嘭"地给配着音，嚯！那了不得了，在小朋友圈里边神气死了。

《乌龙山剿匪记》播出那年，还有个电视剧《便衣警察》也特火。《便衣警察》讲的是个什么故事，多数人今天可能都记不太清楚了，可主题歌还是张嘴就来："几度风雨几度春秋，风霜雪雨搏激流……"刘欢唱的嘛。

家有仙妻，新白娘子

80年代，电视上不光播大陆电视剧，还有港台剧了。差不多每播一部港台剧，就能唱火一首流行歌曲。1981年的《大侠霍元甲》，主题歌《万里长城永不倒》，不用多说。1984年还有个电视剧叫《昨夜星辰》，1989年春晚，赵丽蓉老师唱了首唐山味儿的《昨夜星辰》，现在听，还觉得有意思。

《昨夜星辰》讲的就是一个三角恋爱的故事。老话儿说，一人不喝酒，俩人不赌钱，仨人不谈恋爱嘛。可电视剧您就看吧，从80年代一直到现在，只要男男女女搞对象，还非得是仨人儿，因为只有仨人儿才能出戏，才能起矛盾冲突。

80年代末90年代初，电视台播的港台剧差不多都是仨人谈恋爱。今儿你喜欢我，明儿我喜欢他，绕来绕去，都这剧情。比如说《一剪梅》《情义无价》《婉君》《追妻三人行》，还有那最有名的，1991年的《京城四少》："我拿青春赌明天，你用真情换此生，岁月不知人间多少的忧伤，何不潇洒走一回……"这不就是吗？

就这首《潇洒走一回》，90年代初那会儿

火得要命，每逢文艺晚会、大型文艺表演那是必唱。就连有人喝多了，跟大街上撒酒疯，也是扯着脖子喊："何不潇洒走一回！"原版唱这歌的叶倩文是台湾人，普通话说得不是特别标准，好多人当年听她唱"天地悠悠，过客匆匆，潮起又潮落，恩恩怨怨，生死白头，几人能看透"这句，听成的都是"几人能砍头"，好家伙，以为是让人拉到菜市口给砍了的意思呢。

闹过这种笑话的多了，还有稍微晚点的电视剧《家有仙妻》。那电视剧里边有个特别丑的老爷们儿，叫陈天贵，娶了这么一个特别漂亮的媳妇，叫何莉莉，哎哟，恨得人牙根儿痒痒。偏赶上他这漂亮媳妇儿还会法术，手上有个镯子，一念咒，想什么来什么。

《家有仙妻》的主题歌，有句话怎么唱来着？"找一个承认失恋的方法，让心情好好地放个假"，就这句话，当年好多人听的都是"让星星好好地放个假"。有那假行家，满不懂，还给人解释呢:"谈恋爱,那不得晚上出去吗,你说俩人儿,河边上、小树林儿,找地儿坐着数星星,浪漫呀。承认失恋了,不谈恋爱了,那星星不就放假了吗……"他说不明白,您也想不明白,反正给您一通胡解释。

《家有仙妻》要是把服装换换,改成古装,那就又是一部经典电视剧,《新白娘子传奇》。看了这么多年新白娘子,有个事儿不知道大伙琢磨过没有,新白娘子传奇,之前又没有同类的电视剧,不属于翻拍,为什么非得加一个"新"字呢?

这事儿啊,后来新白娘子的剧组还专门出来解释过。人家加个"新"的意思,是告诉大伙儿,我们这电视剧是在老的中国传统神话的基础上,改编了改编,所以叫《新白娘子传奇》。加个"新"还有一个意思,就是表演形式上,跟别的电视剧不大一样。我印象里边,这电视剧最不一样的地方,就是里边的人物说着说着话,冷不丁地就开唱。原先电视上有一阵儿流行播印度电影，最有名的《流浪者》，那里边的人就是，一阵说一阵唱，光唱不过瘾，还得一边唱一边跳。不知道新白娘子是不是跟印度人那儿学的？

这么想按说也有道理。民间传说，观音断指化白蛇，白蛇修炼千年就成了白娘子。观音菩萨，打根儿上说，不就是印度人吗？

木鱼石，刘罗锅

现在电影、电视剧都讲究能带货。哪个电影、电视剧火了，里边同款的什么什么东西跟着也就火了，大伙儿都抢着买。就拿去年的《长安十二时辰》来说吧，这电视剧播完以后，我老家西安的火晶柿子火了。

火晶柿子个儿小、皮儿薄、甜度高，西安有种点心叫水晶饼，也是拿这种柿子做的。最好的火晶柿子产在华山上头，过去往返北京、西安的绿皮火车在华山底下有一站，得停那么十来分钟，大伙儿都到站台上买柿子去，十块钱能给一小箱儿。自打电视剧播了以后，火晶柿子的价钱那是噌噌地往上涨，以后您要想吃这口儿，恐怕也都不容易了。

往最前头捯，中国第一部带货的电视剧，那得说是1985年，辽宁电视台播的《木鱼石的传说》。讲的是清朝乾隆年间，大清官王尔烈带着太子，就是后来的嘉庆皇上，民间私访，找木鱼石，这么个故事。中药里边还真有木鱼石这么种药材。按《本草纲目》的说法，木鱼石富含各种矿物质，能益脾、安脏气、定六腑、镇五脏，山东济南长清县那边出产的最好。

长清县现在改成叫长清区了。您去那边大街上溜达，当地老百姓做买卖，卖木鱼石的茶具、餐具，店里边放的还是电视剧的这首主题曲，《有一个美丽的传说》。

《木鱼石的传说》火了以后十年，1996年，又出了部能带货的电视剧《宰相刘罗锅》，好多人看完这电视剧,记住了两样东西。郭老师记住的是八大胡同,有事没事老提陕西巷;喜欢美食的朋友记住了个广西特产,叫荔浦芋头。

北京人原先也吃芋头,不过都是小芋头,搁锅里蒸熟了,蘸白糖吃,没有南方吃的那种大芋头。我记得好像就是刘罗锅播出以后,一夜之间,菜市场就有卖这种大芋头的了。甭管是不是广西产的,卖菜的全嚷嚷说是刘罗锅吃的荔浦芋头。

提起《宰相刘罗锅》,必须得说说稍微再早几年的《戏说乾隆》。这部戏后来带火了一批清宫戏、皇阿玛戏、微服私访戏,像什么《宰相刘罗锅》《康熙微服私访记》《铁齿铜牙纪晓岚》《还珠格格》,都算在里边儿。

老百姓有这么种说法,为什么眼下各种古装戏里边,数清宫戏最多呢?就是因为90年代开始,清朝戏拍得多,服装道具储备得多,剧组租这些东西成本低。

90年代拍的宋朝戏,其实也不少。那会儿电视上最忙的两拨宋朝人，一拨是东京汴梁天波杨府杨家将，还有一拨是东京汴梁南衙开封府包青天。当时连几岁的小孩都会唱："开封有个包青天，铁面无私辨忠奸。"

《渴望》

说起包青天，中国传统文化讲故事，差不多都有这么两个习惯套路。一个是说，故事里边好人和坏人分得特别清楚，好人好得没边儿，坏人坏得没崖儿，黑白分明。京剧不就这样吗，那叫脸谱化，看脸您就知道这到底是好人还是坏人。关公，忠义千秋，大红脸；曹操呢，奸臣，永远都是白脸。

再一个路数就是说，中国传统故事讲究有头有尾，最后必须是一个大团圆的结局，善有善报，恶有恶报，不是不报，时候未到，最后它必须得报啊。比如水浒，最后一百单八个好汉死得都差不多了,还得来个宋徽宗梦游水泊梁山,慰问一趟众好汉。

90年代初,受译制片的影响,中国导演也开始学着拍那种有头没尾、开放性结尾的片子,人物复杂化的电视剧,比如1990年的《渴望》。有个成语叫"万人空巷",这个词,甭管是形容街上有人还是没人,但过去四十年,报刊、媒体就喜欢用这个成语形容电视剧火,而且总共就形容过两部电视剧,一部是1983年的《大侠霍元甲》,还有一部就是1990年的《渴望》。

《渴望》留的那个开放性的结尾,好多观众都觉得不适应。到现在还有人跟网上问呢,刘慧芳受伤以后到底站起来没有呀?王沪生能不能跟她复婚呀?丹丹认她亲妈没有?——您管得着管不着都播那么长时间了,看个电视剧还没完了?反正,大伙儿不适应。

据说,《渴望》热播那两年,演王沪生的那位演员孙松老师,他们家门口儿常年堵着好几十个热心的老大妈。只要孙松出门儿，就围过来给他做思想工作，劝他赶紧跟刘慧芳复婚。

还有那特别较真儿的观众，直接给导演写恐吓信，发死亡威胁："刘慧芳这么好一人儿，你怎么让她受伤，瘫在轮椅上，这算什么事儿啊？还有没有是非观？有没有立场？赶紧拍个续集！让刘慧芳站起来，跟王沪生复婚，要不然我们就把你放躺下。"好家伙，这事儿都成笑话了。

一晃三十年过去，老电视剧翻拍的不少，拍续集的也不少。大伙儿看完了呢骂街的也不少，叫好的呢，好像不多。这么一想，《渴望》后来没翻拍、没弄续集，给咱们留点儿念想，反倒是个好事儿。有句话怎么说来着？残缺，它也是一种美。

玩虫子

我们是害虫

"我们是害虫,我们是害虫,正义的来福灵,正义的来福灵,一定要把害虫,杀死,杀死……"(来福灵广告歌)

来福灵,是四十多年以前日本生产的农药杀虫剂,这个牌子现在还有没有,我就不知道了。大概是在1986年前后,条件稍微好点儿的人家,已经把那种老的黑白电视机换成二十一寸大彩电了。每天晚上《新闻联播》播完了,播电视剧以前,用现在的话说叫黄金时间段,电视上就开始播来福灵的广告。

广告是动画的,有点美国西部片儿那意思。开头是一大帮蔬菜水果,芹菜香菜辣青椒,茄子扁豆嫩蒜苗,嚯,什么都有,正跟舞厅里边儿跳舞呢。哐当一声,仨害虫,捯饬得跟小流氓儿似的,踹门进来了,张嘴就开唱:"我们是害虫,我们是害虫!"

蔬菜水果看见这仨小流氓儿,当场就厌了!就在这个掯节儿上,正面人物登场,仨长得跟药瓶子似的哥们儿,"哗"一下把外头穿的黑西装一扒,有点超人变身那意思,裤衩儿外穿,肩膀儿披着条被单子,胸口上写着仨字儿"来福灵",然后也是张嘴开唱:"正义的来福灵,正义的来福灵,一定要把害虫,杀死,杀死!"有点儿意思!

来福灵这广告头天晚上播出,转过天来就火了。有那么一段时间,学生放学走在大街上,唱的全是这广告。几个坏小子,有衣服不好好穿,敞胸露怀，小黄帽儿也不好好戴，要么歪戴着，要么帽檐儿朝后，勾肩搭背，满脸坏笑。正义的来福灵那两句词儿不提，单就是害虫这两句来回来去地倒腾，起哄架秧子，边走边唱："我们是害虫，我们是害虫！"

小孩玩儿，淘气！

吊丝鬼儿

说起虫子，好多人小的时候可能都有个属于自己的虫子世界。这个世界里边，害虫和益虫分得不是特别清楚，也用不着正义的来福灵，主要是看这虫子能不能玩儿、好不好玩儿。越是好玩儿的虫子，在小孩儿心里的地位可能也就越高。

就拿北京来说吧，槐树种得特别多。不光胡同、大杂院儿里种，大马路两边的人行便道上，种的也都是槐树。每年夏天，槐树上就长一种大肉虫子，应该算是害虫，专吃槐树叶，身量儿比蚕稍微小一号，不黄不绿的那么个色儿，学名叫国槐尺蠖（huò）。老北京人管这种虫子叫"吊丝鬼儿"。正名儿应该是"吊死鬼儿"，可北京人说话您都知道，爱吞音吃字，给念走经了，就成了吊丝鬼儿。您注意，是"吊丝"，不是"屌丝"。

为什么叫吊丝鬼儿呢？这种虫子，平常都是跟槐树上待着，吃树叶儿。吃到一定时候，才从树上下来，找那么个犄角旮旯儿的地方钻到土里，变成蛹。多少天以后，蛹变成扑棱蛾子，飞到树上甩子儿。甩的子儿呢，再怎么变成肉虫子，再吃树叶儿，这么周而复始。要是没人管的话，能把一棵大槐树上的叶子整个儿给您吃干净咯。

吊丝鬼儿跟蚕一样，嘴里能吐丝，但它就是不会做茧儿。这种虫子从树上下来的时候跟蜘蛛侠差不多，先得从嘴里吐出来一根细丝，细丝一头挂在树上，一头含在嘴里。然后越吐越长，打着鏢悠儿往地上出溜，所以得了个俗名儿叫吊丝鬼儿。

好多朋友上中学的时候都学过一篇课文，叫《呐喊·自序》，里边有这么段话："夏夜，蚊子多了，便摇着蒲扇坐在槐树下，从密叶缝里看那一点一点的青天，晚出的槐蚕又每每冰冷的落在头颈上。"

这段话讲的是1912年，鲁迅先生来北京上班，住在老宣武区菜市口路口西南角，南半截儿胡同，绍兴会馆。绍兴会馆的院子里边有棵大槐树，夏天上头长的全是吊丝鬼儿。

鲁迅先生跟绍兴会馆住着的时候正赶上夏天，嫌屋里边热，闹蚊子，待不住人，所以每天晚上吃完了饭，喜欢搬上把椅子，往院儿里的大槐树底下一坐，摇着蒲扇过过风儿，凉快凉快。刚觉得凉快点，身上的汗也往下落了点了，没想到，吧嗒一声，后脖梗子上猛地一凉，浑身一激灵——敢情树上下来个吊丝鬼儿，身上那点汗算彻底落下去了。

鲁迅先生是绍兴人，槐蚕可能是南方的说法儿，老北京人都管这种虫子叫吊丝鬼儿。最近这些年大概是杀虫剂越来越管用，夏天想看见个这种虫子还不大容易了。三四十年以前不一样，直到90年代初，每年只要过了五月份，您就看去吧，但凡有槐树的地方，树上滴里嘟噜挂的全是它，小风儿一吹，嚯，随风飘荡！

尤其二环以里，大马路两边人行便道上，种的都是槐树。到了闹虫子的季节，甭管您骑车还是走道儿，前后左右，脚底下，外带脑瓜儿顶上，全是虫子！怎么躲您也躲不开。赶上特别密的地方，只能拿手扒拉着往前走，就跟进门的时候掀那门帘子感觉差不多。

溜边儿

老百姓有句俗话，说这人属黄花儿鱼的，没事老溜边儿。您听侯宝林大师那经典段子《婚姻与迷信》里不就这么说吗,两口子结婚,别的未婚男青年想进洞房观摩观摩,洞房门口有个老太太负责站岗,特定属相的不让进。

那年赶上猪、狗、牛三种属相不让进,有个属狗的男青年糊弄老太太说:"大妈,我进去没事儿,我属黄花儿鱼的!"老太太也挺哏儿,听说这哥们属黄花儿鱼,来这么一句:"属黄花儿鱼的啊,没事儿,进去吧,溜边儿待着。"这是老北京话。

吊丝鬼儿这脾气呢,跟黄花儿鱼差不多,也爱溜边儿。哪怕说从槐树上下来,直接落在土地上,也不是当时就往土里钻。必须先得往马路的两边爬,找那种墙犄角、有砖缝儿的地方,然后才钻下去,变成蛹。

所以那时候每年夏天,马路牙子上,再就是大街两边院墙的墙根儿底下,哎哟,密密麻麻爬一层,全都是这种虫子。有的运气稍微差点儿,汽车、自行车轧过去,再不就是人没留神,踩上去，当场就能变成一摊绿水儿。养鸡的人家，这季节就可以让小孩儿拿着个罐头瓶出去捡去，捎带手地，一边玩一边还给家里弄点鸡饲料。

吊丝鬼儿钻到土里变的那个蛹，有个专门的名儿，叫金刚。金刚长得跟蚕蛹差不多，外头那层皮是黑的，除了尾巴尖儿，全身都不能动。小孩把这玩意儿从土里挖出来，大头朝下，拿在手里就可以玩。怎么玩？算命玩！玩儿法就是几个人围成一圈，其中一个小孩儿手上拿着金刚，故意让它那尾巴尖儿来回扭，尾巴尖儿最后指到谁了，谁的运气就好。

有朋友就说了，一条破肉虫子，恶不恶心？这有什么可玩儿的？这事儿，您得这么想，小孩儿的思维方式跟大人不一样。好多东西，大人觉得好玩儿，小孩儿他未见得觉得有意思。反过来说，小孩儿觉得挺有意思的东西，到了大人那儿，您可能就觉得没什么劲。

这种虫子跟别的虫子最不一样的地方,就是走道儿的时候,虫子的范儿特别足。怎么叫虫子的范儿特别足呢?有空您可以注意观察一下,就拿养鸟儿离不开的面包虫来说,面包虫在地上爬的时候,永远都是匍匐前进,小腿儿紧倒,爬得挺快,身上没什么起伏。

吊丝鬼儿不一样,爬起来稳稳当当的,特别慢。爬的时候只有一头一尾着地,身子中间必须得往上拱那么一下,意思就跟平常您要量量什么东西的宽窄,没尺子,光用手一拃一拃地那么量,手上的那个动作差不多。

好多小孩夏天闲得没事儿干,就可以跟地上随便捡一根别人吃剩下的羊肉串签子,再不就是糖葫芦签子、冰棍棍儿,脏不脏的无所谓,然后蹲在家门口的大槐树底下,手里竖着拿着那根签子,弄个吊丝鬼儿放在最底下,看着它一拱一拱地往签子上边爬。等虫子爬到签子最顶上,没路可走,调头了,就把签子也调个头,让它接茬儿再往上爬。来来回回这么折腾,小孩儿就能跟大槐树底下蹲上半天。

您各位可能有会武术的练家子。武术里边,有一套算是比较大路货的拳法,叫形意拳。哪位要是会练,肯定知道这么句口诀,"起如挑担,形如槐虫"。什么叫"形如槐虫"呢?指的就是练形意拳的时候有套特殊的脚法,叫趟步,走起来身子一拱一拱的,有点像吊丝鬼儿跟地上爬的那么个意思。

民间传说,形意拳最早是南宋名将岳飞琢磨出来的。真要是那样的话,岳飞小时候没准儿也喜欢蹲在他们家大槐树底下挖金刚,看吊丝鬼儿来回爬。——我这是瞎猜啊,胡说八道。

粘蜻蜓

1992年,央视播了个真人儿童剧《大花房的故事》,戏里边的角色全是小孩儿喜欢的各种虫子，像什么蛐蛐儿、唧鸟儿、蝴蝶、蜻蜓这类东西。演蜻蜓的那个小姑娘，后来还成了著名的节目主持人，具体是哪位，您可以上网查查去。

老北京人管蜻蜓叫蚂螂，这说法到底怎么来的，我没给您考证出来。一百多年以前呢，蜻蜓在北京还有个俗称，叫老琉璃。这说法挺好理解。紫禁城房顶子上铺的琉璃瓦您都见过吧？蜻蜓身上那层硬壳，色儿以黄色为主，太阳底下一照，能闪闪发光，看着就跟琉璃瓦一样，所以叫老琉璃。

直到90年代末，"蜻蜓"这俩字在北京，特指那种最常见的小蜻蜓。个头儿不大不小，身上以黑、黄两色为主，翅膀根的地方稍微见点儿红色。

除了这种最大路货的蜻蜓，以前还有一种特殊的蜻蜓，眼下好像不大容易见了。比如说有一种全红的蜻蜓，浑身上下，全是红的，火烫儿红！北京小孩管这种蜻蜓叫"小辣椒儿"，也有叫"红辣椒"的，南方可能就叫红蜻蜓。1990年，小虎队最火的时候,有首歌不就叫《红蜻蜓》吗?

蜻蜓不光有全红的,还有一种全灰的,外号就叫"小灰儿"。我印象里边,红辣椒和小灰儿就只有什刹海、玉渊潭这些有水的地方才看得见。人家平常就跟水面儿上飞,飞累了呢,就跟荷叶上趴着,让你看得见、逮不着,活气人玩儿。

小孩儿平常真正能逮着当玩意儿的蜻蜓,就是那种最大路货的蜻蜓。这种蜻蜓呢,平常老爱跟居民区附近飞,吃点蚊子啊什么的,飞累了就落在树尖儿上休息休息。小孩逮蜻蜓都是晚上,吃完了饭,看完了动画片,扛着根鱼竿儿出来,鱼竿头上挑着块湿面团儿,就拿这个湿面团儿粘蜻蜓。

粘蜻蜓的技术,跟粘唧鸟儿其实差不多,只不过就是唧鸟儿的劲儿比蜻蜓大,身上的壳硬,还光不出溜儿的,所以粘唧鸟儿必须得用自行车内胎熬的那个胶,破气球熬的胶也成。这种胶黏性大,粘的时候,最好是粘在唧鸟儿的翅膀上,为的是不容易跑，不容易挣脱。

蜻蜓不一样。蜻蜓的劲儿小，身上也软，有个湿面团儿就行了。看准了蜻蜓跟什么地方落着，鱼竿悄没声儿地伸上去，一粘，十有八九跑不了。就是粘的时候您得留神啊，湿面团儿最好是粘在蜻蜓翅膀的中间，相当于人的后背那地方。这地方的壳硬，过后把蜻蜓从面团儿上往下摘的时候，蜻蜓身上干干净净，不容易挂住湿面。要是您粘在翅膀上，那麻烦了，湿面怎么也弄不干净，蜻蜓想飞都飞不了，用古玩行的话讲就算有了瑕疵了，不好玩儿了。

逮蜻蜓还有一个路数，就是拿抄网抄。这个成功概率比较低，还特别考验技术。抄蜻蜓最好是赶在下雨以前，为什么非等这时候呢？下雨以前，您都知道，空气湿度大，蜻蜓全都飞不高，越是空场儿的地方飞得越低，抄着蜻蜓的概率越大。有的小孩儿家里没有抄网，临时拿个扫把就能扣蜻蜓。

扣蜻蜓，不能拿咱们家里平常用的那种高粱苗儿编的扫帚，那不成，那么着直接把蜻蜓就给拍死了。必须用清洁工扫大街、工友扫学校操场，那种大竹苗儿编的扫帚。小孩劲儿小，一只手拿不住那种大扫帚，多数都是两只手拼命举着，好家伙，累得呼哧带喘，看准蜻蜓飞到跟前儿，猛一家伙拍下去。这竹扫帚的空隙大，正好能把蜻蜓扣在底下，原理跟抄网差不多。

老刚儿和老仔儿

我小时候有两种蜻蜓，就跟江湖传说里边的宝兵刃、武功秘籍差不多，可遇不可求！可以说是每个小孩儿，尤其是小男孩儿的梦想。什么蜻蜓呢？老刚儿和老仔儿。

这一说，可就想起小时候来了啊。老刚儿和老仔儿，其实是同一种蜻蜓，学名叫碧伟蜓，身量儿比普通蜻蜓大好几号，一个顶人家仨，属于蜻蜓里的战斗机。老仔儿是母的,全身都是绿的;老刚儿是公的,最明显的标志就是挨着翅膀的那块肚子底下多一些蓝色。

逮普通蜻蜓可以用湿面团儿粘,可以拿抄网扣,您要是想逮着老刚儿和老仔儿,那就凭运气了。多数都得等到刚下完雨,不能耽搁,马上就得蹚着水出去。为什么非得等到下完了雨呢?刚下完雨那会儿蜻蜓身上有水,飞不动,只能跟矮树上落着晾翅膀儿,必须等到太阳出来、翅膀晒干了,才能飞得起来。

这个时间段逮蜻蜓,不用湿面,也不用抄网,直接下手捏就行。饶是这么着,我活了多半辈子,也只逮着过一回老刚儿,另外看见别人逮着过一回老仔儿。您就说吧,这种蜻蜓要见、要逮着有多难。

普通蜻蜓逮回家,多数都是跟屋里头一撒,让它们接茬儿在屋里逮蚊子。蜻蜓飞累了,就跟纱窗上趴着,第二天早上,小孩儿把窗户打开就算放生了。要是逮着老刚儿和老仔儿,那就不能一人跟家闷得儿蜜了,那得牵出去遛遛!跟周围街坊邻居的小孩儿显摆显摆!

狗,好多朋友都遛过,遛蜻蜓跟遛狗意思差不多,就是找一根家里缝衣服的线,大概留够一米多长,一头儿系个活扣儿,拴在蜻蜓尾巴上,一头儿攥在自个儿手里。蜻蜓在脑瓜顶上飞,小孩儿跟下头牵着,这么着,往大街上一走。嘿!我跟您说吧,当时那心情,绝对比现在您牵着条名种狗拉风。

蚂蚁

北京小孩儿有这么首童谣,有点刘三姐对歌那意思,必须得俩人唱,一问一答。问的这个人,先拍着手唱:"什么虫儿空中飞?什么虫儿树上叫?什么虫儿路边爬?什么虫儿草里跳?"问的这个人唱完了,答的人马上就也得拍着手唱:"蜻蜓空中飞,知了树上叫,蚂蚁路边爬,蚂蚱草里跳。"

要说起来,好多人这辈子最早的宠物,或者说最早的动物朋友,可能都是蚂蚁。不光中国人这样,可能老外也是这样。《圣经》里边就有这么句话嘛:"去查看蚂蚁的动作,可以得到智慧。"中国古代还有个特别文言的说法叫"顽童灌蚁"。什么叫顽童灌蚁呢?人家蚂蚁老老实实跟地上爬着,没招谁没惹谁,有的小孩儿就觉得新鲜:"这么个小蚂蚁洞,里边怎么就住着那么多蚂蚁呢?干脆,我给它来个水淹七军!"

这是以前小孩爱干的淘气事儿,现在大伙儿的观念不一样了,得爱护小动物。您家里要是有条件,也可以跟家里给孩子养一窝蚂蚁,干净,不占地儿,平时是个乐儿,还能得着不少知识。

那位说了,养蚂蚁?您让我养哪儿呀?

眼下花鸟鱼虫市场,正经就有卖那宠物蚂蚁的,还专门有那种玻璃的蚂蚁窝,透明的,跟鱼缸意思差不多。蚂蚁每天跟里边干什么，您从外头都能看得见，有意思极了。

中国古代还有个说法儿叫"蚁附之兵"，大概意思就是形容打仗的时候，一大帮兵抱着团儿，像蚂蚁似的往前冲。比如《三国志》讲到孙权他爸爸孙坚的时候，就说这哥们儿特别猛，别的将军打仗都跟后头站着，喊"兄弟们，给我上"，孙坚呢，他不怕死，打仗喜欢带头打冲锋，上了战场比谁跑得都快，手底下的小兵儿都是成群结队跟在他屁股后头。《三国志》原文是这么说的："坚身当一面，登城先入，众乃蚁附，遂大破之。"

北京大兴，离我马场不远的地方有个南苑机场，南苑机场西北角有座蚂蚁坟。老北京有个说法儿，每年清明节，成千上万的蚂蚁都有要爬到这地方来，聚在一块儿，摞得跟座小山似的，足有几丈高。

每年清明，蚂蚁为什么非愿意在南苑这地方

扎堆儿呢？民间传说啊，挺老早以前，南苑这地方打了场恶仗，死的人海了去了。天长日久，那些阵亡将士的忠魂就变成了蚂蚁。每年清明，这些将士的忠魂都要聚在一块儿叙叙旧，聊聊以前打仗时候的事儿。

三百多年以前，有个叫吴伟业的诗人，就是写"冲冠一怒为红颜"的那位，路过南海子，从当地老百姓嘴里知道了这传说，写了首诗，里边有这么两句话："野火风吹蚂蚁坟，枯杨月落虾（蛤）蟆水。"

1998年，中国香港拍了部电影《风云·雄霸天下》，里头有首插曲叫《虫儿飞》，最早是郑伊健唱的，后来又有不少歌星翻唱。这首歌的开头是这么段词："黑黑的天空低垂，亮亮的繁星相随，虫儿飞，虫儿飞，你在思念谁？"

现在的人，经常挂在嘴边儿的一句话就是这个世界变化快，原先的好多东西都没有了。要我说呢，这世界上的好多东西，几百年、上千年以来，可能从来就没变过。比如咱们小时候不知道多少回抬头仰望过的星空，还有那些陪伴过咱们童年，让咱们变着法儿折腾过的虫子朋友们。真正变了的，可能只是咱们看待它们的眼光和心境。

功夫片

前些日子跟人聊减肥，聊着聊着想起个人来，谁啊？彭于晏。小伙儿挺帅，满身疙瘩肉，姑娘们都惦记他，小伙子也惦记按他那个标准好好练练，练成那个身型，帅，漂亮！谁看了都喜欢，方便找对象啊。

说起彭于晏，我印象最深的就是他在2015年跟梁家辉主演的一部戏，《激战》。好像就是打从那个电影以后，中国内地才开始知道有个MMA，还知道有个八角笼。

什么叫MMA呢？国际上标准的说法叫综合格斗。

正式的体育比赛里也有武术项目,都是同流派的打。拳击的跟拳击的打,摔跤的跟摔跤的打,柔道的跟柔道的练,绝对不混着,关公战秦琼。

MMA不一样,甭管什么流派,俩人八角笼里边一关,小门一锁,打去吧!用什么功夫都成,就看谁能把谁放躺下,比的是武术的实战效果。这种比赛的理念,据说来自华人功夫巨星李小龙的截拳道,无限制技击。

1973年,李小龙借着拍《龙争虎斗》的茬口儿,跟洪金宝打了一场,算是给MMA开了个头。咱们今天,就着李小龙,聊聊我小时候追功夫片的日子。

打擂

先说回来MMA。用洋人那套解释麻烦大了,换成咱们中国文化,其实就俩字:打擂。

您想想,是不是?中国古代打擂,双方上擂

台以前都得先签一个生死文书。上擂台以后，除了不能使暗器，什么门派的功夫都能来。武当对峨眉，少林打崆峒，无影腿、八卦掌、鹰爪力、铁布衫，随便招呼，打服了为止，打死还就算白死。

我们曲艺行，尤其说评书的老先生们，跟打擂都挺有缘。评书，大概就分长枪袍带和短打公案这么两个路数。袍带类的评书主要讲的是领兵打仗，都是大场面，最有名的那叫"三碗酱"嘛，《杨家将》《呼家将》《薛家将》。用过去老说书先生的话来说，三碗酱是说书这行的基本功，谁要是把三碗酱学会了、学好了，这辈子饭辙就不发愁了。

袍带书，甭管人物、情节怎么变化，肯定都离不开打擂，要么是比武争帅印，要么就是比武招亲。别的不说，《杨家将》里潘杨两家最早怎么结的梁子？不就是杨七郎跟擂台上把潘仁美他儿子潘豹给劈了吗？

公案书就更甭说啦。清代的说书老先生石玉

昆,传下来个《七侠五义》,算是给这类书开了个头。《七侠五义》往后说,像什么《包公案》《施公案》《小八义》《雍正剑侠图》,但凡两派人马面对面较上劲了,北京话管这叫茬架,那肯定就是当中间闪出一块空地来,单打独斗。

老先生们干吗非都得设计这情节呢?您想啊,说书它跟拍电影不一样。拍电影用的是摄影机,哪怕好几万人的大场面,来个俯拍,空中弄个直升机,现在有那无人机,头顶上一飞就拍下来了。说书不行啊,说书人就一张嘴,一张嘴表不了两家事儿嘛。您要说几十人上百人打群架,好家伙,那说不过来了。只能让他们摆擂台,单打独斗,一对儿一对儿地说。

万人空巷霍元甲

中国最后一次按老规矩摆擂台,比武打擂,应该是在1933年。当时的人管武术叫国术,那次比武打擂的正式说法叫"第二届国术国考和国术游艺大会",您瞧,名字还挺长,反正有点儿全国武术锦标赛的意思,动静闹得挺大。

要说起来,中国最有名、最家喻户晓的一次比武打擂,比这个还得早二十多年,发生在上海。那次打擂打出来一大英雄,霍元甲!

霍元甲是天津静海人,祖上都是镖局保镖的达官,传下来一套迷踪拳。1901年,有个叫斯其瓦洛夫的俄国大力士跑天津来了,找了个戏园子摆擂台,打算给中国人点颜色看看,话说得挺不客气。霍元甲当时是药铺一掌柜的,虽然干了这行,祖传的功夫可没撂下。不服,特意跑到戏园子去,要找这俄国人练练。没想到呢,这斯其瓦洛夫就是一蒙事的,看见霍元甲,没打就尿了,直接卷铺盖走人。

俄国大力士跑了,英国大力士不长记性,又来了。1909年,英国人奥比因在上海摆擂台,说的还是俄国人那套词儿,非常非常地不客气。

上海的广大人民群众心里也不服啊,可还就没人敢上台。大伙儿私底下一合计,天津的霍元甲能打俄国大力士,都是洋人,英国大力士八成也能打,干脆啊,咱们把他请到上海来得了。

结果,到了约好的日子,英国人跟俄国人没区别,也跑了,脚底抹油开溜!细一打听才知道,敢情这哥们原先是在马戏团打杂跑龙套的,出来摆擂台纯属蒙事儿瞎起哄。

霍元甲身不动膀不摇,吓跑了两位洋人大力士,好家伙,这知名度一下就起来了!然后就趁这个热乎劲儿,跟上海创办了精武体育会,这就是后来李连杰老师主演的《精武门》的原型。

霍元甲去世七十年以后,今天香港亚洲电视的前身,拍了部二十集的电视剧《大侠霍元甲》。1983年,广东电视台把这部电视剧引进到内地,嚯,了不得了,当时那是万人空巷!

您注意我用这词"万人空巷",现在这个词

您可能觉得算不了什么，小学生都知道。80年代以前，老百姓生活中很少用这词儿，大伙儿最早听说"万人空巷"这个说法，还就是当年报纸、电台形容全民追《霍元甲》的盛况，那可真的是万人空巷。

我那年才十几岁，正是好这打打杀杀的时候，有印象。那会儿北京看《霍元甲》就是中央台，大概晚上七点半，《新闻联播》完了以后就播一集。赶上这个时间段，大街上真是什么人都没有，全猫在家里看《霍元甲》。我还真较过劲，您说大街上什么时候没过人呢？一次我咬着牙没看电视，跑出小院儿看了看大街上，嚣，真没人！

当时还不是家家户户都有电视，一个院子赶寸了就那么一台九寸黑白的。播《霍元甲》的时候正赶上夏天，每天晚上，院子里有电视的那家就得把电视搬出来，弄个小桌，摆在上头。全院儿的男女老少，坐着小板凳，摇着大蒲扇，端着杯茶，集体看。还有的人就为了看《霍元甲》，愣是勒紧裤腰带，攒钱买了个电视。那架势，就跟现在追剧我勒紧裤腰带充个会员那意思差不多。

一代宗师

1981年拍的这部《霍元甲》电视剧，剧本其实是个老本子。那还是20年代，霍元甲刚在上海滩成名没多长时间，有个叫向恺然的人，笔名平江不肖生，写了本武侠小说《侠义英雄传》。这本小说捧红了两位大侠，一位是霍元甲，还有一位就是大刀王五。

20年代是中国武侠小说发源的这么个时代。当时武侠小说最红火的有南北两个中心，南边是上海，北边就是天津和北京。现在好多武侠题材的电影、电视剧，用的还都是那个时候的本子。

比如说，那会儿北京就有这么一位专写武侠的老先生王度庐，他写了本武侠小说叫《卧虎藏龙》，讲的是九门提督家的小姐跟江湖大侠谈恋爱的故事。2000年,周润发主演的电影《卧虎藏龙》得了奥斯卡奖,那电影就是按王度庐的小说改编的。

20年代还有位写武侠小说的老先生,特有名,后来慢慢地也没什么人知道了,可是在我们曲艺圈,尤其是评书圈子里还是特别有名。这位老先生叫还珠楼主——跟还珠格格可没关系啊!

还珠楼主这位老先生,其实更像是说书的,应名儿是作家,一辈子可没怎么动过笔。人家专门雇了俩秘书,每天自己就跟说书似的在那说,秘书负责记录,就这么说出来一本书叫《蜀山剑侠传》。

《蜀山剑侠传》,一说可能您未见得看过,可是里边的好多情节,我一说您肯定觉得耳熟。比如俩大侠站在峨眉山山尖上论剑;好几百岁的老剑客一运丹田气,鼻子里边喷出两道白烟,好几千里以外的人就给打死了;剑客身边有一只雕,老跟着,雕的名字就叫神雕。熟不熟?

现在好多说书先生说袍带书,不少地方还都是用的还珠楼主那套现成的。甭说说书的先生们,就连金庸金大侠,据说他的小说也有好多地方学的是还珠楼主呢。

录像厅

聊到金大侠,咱们自然而然就得说说1983年版的电视剧《射雕英雄传》。这电视剧,应该是1985年就引进到内地来了,可是我们这代人最早看《射雕》看的好像都是录像带。

大概是1985年以后,好多人家慢慢就有了录像机了。录像机的出现,可以说颠覆性地改变了中国人看电视的习惯。原先电视就那么两三个频道,电视台放什么,大家伙儿就得看什么,没的挑,没的选,而且电视台周二下午还休息,想看也没有了。有了录像机就不一样啦,您什么时候能看、什么时候想看,什么时候就看,没有人拦着!

那个时候有双卡录像机的人，好家伙，那了不得了，恨不得二十四小时不关机。干什么呢？录节目。一个是录自己喜欢的电视节目，再一个就是复制各种电影、电视剧的录像带。

后来也不知谁先起的头，民间流行串互着借录像带看。录像带存储量没光盘那么大，一盘最多就能装一集电视剧，四十来分钟。八三版《射雕》五十多集，这您得装多少盘录像带啊！借回来就得赶紧看，后头还有人排着队等呢。经常是一盘录像带借来借去，张三借李四，李四借王五，王五借赵六，最后就人间蒸发了，说不清到底这录像带最后落谁手里了。

个人之间，再怎么借，录像带的品种也有限，所以到了90年代就出来个新兴行业，专门租录像带的。跟这店里，一两块钱就能租一盘录像带，品种也多，港台的、外国的，都有。不好的地方也有，就是租过来的录像带它过手太多遍，带子都磨坏了，放的时候老卡，还出条子出雪花什么的。

老百姓有录像机能在家里看,出门在外的,像什么大学生、打工的,身边没有录像机,或者说我买不起录像机,怎么办啊?那会儿也有看录像的地方,录像厅!

录像厅最早就是放录像带,后来改放光碟了,几块钱能看一下午。90年代以后,泡录像厅就成了好多人茶余饭后的消遣方式,差不多就等于后来的泡网吧那意思。那时候,吃完了中午饭就扎录像厅里,你放什么我看什么,块儿八毛钱一张票,我也不出门了,看完这场再买一张,一直看到晚上吃饭。那时候就这样。

开录像厅也用不了多大本钱,有间屋子,有台电视,有台录像机,再摆几把椅子,就开张了,屋里边电灯有没有都不吃紧。放的什么内容呢?基本是香港来的武打片、爱情片,要不就是闹鬼的片。

那时候录像厅最爱用的四个字就是"少儿不宜"。门口立个小黑板,上头写着几点到几点,放什么片子，差不多每个片子后头都打个括弧，里边写个"少儿不宜"！

少林，少林

大概是受了香港武侠片、功夫片的影响，大陆从80年代开始也拍了好多武打片。最有名的，就得说1982年，李连杰主演的《少林寺》。这部电影火了以后，带起来一批和尚戏、少林寺戏，像什么《少林寺弟子》《木棉袈裟》《南北少林》《通天长老》，嚯，这一数数不过来，多了去了。

当时不光有好多少林寺题材的电影，还有少林牌的可乐，商标是个少林和尚的形象，还请李连杰他师父在电视上做过广告，80后应该还都有印象。

这种可乐好像是江西那边产的。那会儿的国产饮料，包括北冰洋汽水、冰峰汽水，都是玻璃瓶的，美国的可乐最早传进中国也都是玻璃瓶。

唯独这少林可乐弄得挺高级，不光有玻璃瓶的，还有塑料瓶的，还有易拉罐的，只可惜后来不知道怎么回事，这牌子慢慢就没了。

《少林寺》播出后有那么段时间，少林寺门口每天都堵着好几百人，强烈要求出家当和尚、学功夫。还有好多人，尤其是小孩儿，看完电影以后激情燃烧，小宇宙爆炸，自己跟家瞎练，还觉得老子天下无敌。这可以说是70后、80后、90后共同的童年记忆。

马上二十岁往上、五十岁往下的人，我随便说几样"功夫"，您看看自己小时候是不是练过？

双节棍，这玩意儿是李小龙给带火的。制作也容易，找两根一边儿长的硬木棍，中间用铁链子拴起来就完了。拿在手里甩，嘴里还得学李小龙"哟——哟——"，还得学，还得叫唤，觉得特别酷。就是得多留神，弄不好容易抽自己脸上，弄个满脸花。

再有金钟罩、铁布衫。80年代有个电影特流行,叫《鹰爪铁布衫》,练了铁布衫能刀枪不入,拳头打身上都不疼。小孩儿愿意练这个,练了就不怕挨揍啦!真有那实在人,下课不玩儿去,在教室里扎着马步,憋着一口气,让同学往自己身上可劲儿招呼!旁边那位也不客气,咣咣就是好几拳,还有上脚的。疼也不能说疼啊,明明疼得都转眼泪了,还得告诉人家:"不疼!再来,我练成啦!"

最有意思的是点穴。忘了哪部电影最先玩儿的这招了,好像是方世玉,反正那段时间小孩儿都流行伸着俩手指头,互相跟身上瞎捅。捅着捅着,捅急眼了,就嚷嚷"我点你死穴!"好家伙,说得跟真的似的,您说二不二?

二归二,可是有句话怎么说来着?不二,他不青春呀。

收音机

现在很多朋友喜欢听书、听小说。我也喜欢。我小的时候,听得最多的是评书,只不过我们那会儿是在收音机上听,现在咱们是在手机上听。

《刑警803》

有一首歌叫《橄榄色的歌》,是上海人民广播电台制作的广播剧《刑警803》的主题歌。

为什么叫《刑警803》呢?这部广播剧,讲的主要是一名叫刘刚的上海刑警破案的故事。几集算一部,每部讲一个案子。上海市公安局刑事侦查总队,就是老百姓说的刑警队,驻地的门牌号码是中山北一路803号。上海人提起刑警来,一般都不说刑警,就叫803,弄得跟《智取威虎山》里边203首长那代号差不多。所以呢,这个广播剧的名字就定为《刑警803》。

既然是讲刑警的,这主题曲怎么叫《橄榄色的歌》啊?这事儿您有所不知,现在咱们民警穿的蓝制服,是2000年才换发的。再往前,80年代中期到90年代末这个时间段,橄榄绿是警察制服的专用色,所以《刑警803》的主题歌才叫《橄榄色的歌》。

这部广播剧一共录了二百零六部,等刑警统一换成蓝制服后,这首主题歌也改了个名字,叫《英雄的歌》。

现在我看还有不少朋友专门从网上下载《刑警803》,放在手机里,随时都能听。最早没那么方便,大伙都得等着电台播,每天播那么一两集。这个广播剧的路数跟评书差不多,悬念多,情节曲折,每集结尾都留扣子,勾着您听一集想两集,听两集想三集,只要电台里播,就愿意跟那儿听,多咱不播了,多咱算完,勾搭人嘛!

《刑警803》比传统评书强的地方,就是它可以配各种音效,代入感强。尤其赶上凶杀犯罪的节骨眼儿上,人物吱哇乱叫,再配上挺恐怖的音乐,当年的小孩儿都把这节目当鬼故事听,越听越害怕,越害怕还越想听,趴在床上,脑袋蒙着被窝,也得坚持着听。好家伙!那时候罪受大了。这不上瘾吗!

广播剧

要说起来,广播剧这个创意,最早其实是美国人玩起来的。

那是1938年的10月30日。怎么记得这么清楚呢?那天,美国哥伦比亚广播公司,没跟任何人打招呼,突然播了个"新闻",说火星人入侵地球，飞碟降落地点就在新泽西州的一个小镇，当地死了好几百人，下一个进攻目标就是纽约。

好家伙！大伙都知道，洋人每年得过万圣节，有点咱们中国人阴历七月十五过鬼节的意思。大人闲得没事儿弄几个南瓜刻鬼脸玩，小孩也扮成小鬼儿到处找人家要糖吃去。万圣节的正日子是11月1日，不过美国人一般10月30日就已经进入过节模式了，这个当口儿上，冷不丁冒出个火星人入侵地球的新闻，可把人吓坏了。

纽约市长当时就下令全城进入紧急状态，军队准备打仗，老百姓该跑路的赶紧跑路。据说当时火车站的票立马就卖完了，大街上全是汽车。美国人开着车往加拿大跑，加拿大人找美国哥们儿一打听："哟，怎么回事儿？"也跟着起哄架秧子，往北极跑。甭管往哪儿跑，保住命再说！

直到那天晚上，美国政府才出来辟谣。敢情这事儿啊，就是广播电台跟大伙开了个小玩笑，逗你玩儿！人家搞了个新节目，叫广播剧，剧情是改编的小说，音效都是人配出来的。哎哟，这么一逗你玩儿可不要紧，据后来统计啊，节目播出当天，最起码有一百七十万人收拾东西跑路，还有一百二十万人打算第二天跑。

这一辟谣，美国法院的门可就让人挤爆了，全是状告哥伦比亚广播公司的。干吗呢？要求赔车票钱，赔汽油钱，赔路上吃饭的钱，赔跑路丢了工作的工资损失。民政局也不消停，凡是节目当天丢下老婆孩子自个儿跑了的老爷们儿，第二天全让老婆薅着脖领子，过来办离婚来了。1975年，美国还拍了个电影《圣诞惊魂夜》，讲的就是这段往事。

现在咱们老说文化差异，都知道出国旅游得入乡随俗。美国人嘛……就是那种没溜儿的性格，说好听点叫幽默感强，上上下下全是戏。您就看网上洋人发的各种视频，恶搞路人，甭管认识不认识的都过玩笑。这事儿要是换了在中国，好嘛，一天得打出八条人命来！

甫说中国，1949年有俩厄瓜多尔哥们儿，觉得美国人玩这创意"哎哟，挺哏儿"，直接就把那广播剧照方抓药，跟自个儿国家来了一遍，接茬儿逗你玩。没想到人厄瓜多尔老百姓不识逗，急了，当时就翻脸！当天就砸了广播电台，广播剧导演的女朋友连带侄子，都给打死了，电台工作人员还死了五个。这事儿闹的！

矿石收音机

我小时候，没听过这种广播剧，印象最深的得说《小喇叭》。好像是每天晚上八点到八点半，电台播那么一会儿，就周一到周六播，周日还休息，播的都是小孩儿喜欢的节目，什么《小蝌蚪找妈妈》《猪八戒吃西瓜》《东郭先生和狼》，这些动画片当年都有广播版。还有外国童话故事。

最有名的，就是《孙敬修爷爷讲故事》。

孙老爷子原先据说是老崇文区汇文一小的老师，后来调到中央人民广播电台，专门做儿童节目，给小孩儿讲故事。老爷子正经是个老北京，说话不紧不慢，挺有特点，每天跟话匣子里边讲西游记，《五庄观吃人参果》《比丘国救小孩》《车迟国斗法》。他讲的那个西游记，就专挑小孩儿爱听的地方讲，嚯，当时圈了好几亿的小粉丝！

那时候的小孩儿，没有几个不认识孙敬修爷爷的。可是当年要想听孙敬修老爷爷讲故事，也挺不容易。为什么呢？家里不见得都买得起收音机啊。就拿孙老爷子自己来说吧，本身就是做广播节目的，家里也没有收音机！后来是为了能让家里人也听听自己讲故事，老爷子攒了三四个月的工资，这才一咬牙一跺脚，买了一个。

过去有个说法，叫"三转儿一响"。什么叫三转儿一响呢？三转儿指的是自行车、缝纫机和手表。自行车有俩轱辘，能转；缝纫机也有轮子，一蹬也能转；手表就甭说啦，仨针儿都能转啊,不转那就是坏了。这三样东西合起来,就叫三转儿。那一响呢?就是收音机。老话叫话匣子、半导体,平时能听听新闻,听听相声、评书什么的。

70年代末80年代初,两口子结婚过日子,光有个三转儿一响就显得有点寒酸、过时了,在这基础上又加了三大件儿:电视机、洗衣机、电冰箱。话虽这么说,直到90年代,听广播节目的人还是不少,尤其是老年人。

老大爷,三伏天下午,跟胡同里边,大槐树底下,躺椅这么一支,话匣子一开,京戏一播,嗬,摇着蒲扇,喝着茉莉花茶。那就是我小时候住胡同、大杂院儿的这么一个真实感觉。

当然了,也有那心灵手巧的人,不花钱买收音机,人家能自己攒!这种自己攒的收音机,意思就跟90年代末,好多人上中关村买硬件自己攒电脑差不多。具体的咱也不懂啊,反正就是得弄点儿电线、耳机、天线、二极管这类东西吧,过去五金商店都能买得着，也就花个块儿八毛的事。

最关键的，是得有一块黄铁矿石。过去咱们也管收音机叫半导体，这黄铁矿石就属于半导体。黄铁矿石，不知道怎么一捣鼓，就能接收无线电波，还不用装电池。这种自己攒的收音机，最核心的部件就是这块黄铁矿石，所以叫矿石收音机。

当年学校、少年宫，专门有无线电小组，有老师教怎么做这种矿石收音机。现在您去景山公园，公园最北边有块地方，现在那儿正整修呢，原先那就是北京市少年宫的所在地，前两年为了保护古建才腾退出来。

眼巴前儿五六十岁的人，好多都在那儿学过。那时候开了很多班，怎么做航模啊，怎么做矿石收音机啊，也有学说相声的。我当时呢，也在那儿，不是学相声啊，我当时在北京市少年宫合唱队，练大合唱、小合唱什么的。我们当时非常光荣地给华国锋主席在人民大会堂演出过，是个挺有名的合唱队。

我的相声启蒙

到了80年代,普通人家买个收音机那就不算什么了。那会儿流行过一阵广播读小说,俄罗斯作品《复活》《钢铁是怎样炼成的》《静静的顿河》,好些人一生读过一遍的大部头,好多其实都是听过来的。

还有国内的一些大部头,比如《平凡的世界》。我印象最深的是《夜幕下的哈尔滨》。这部小说讲的是"九一八"事变以后,哈尔滨当地地下组织抗日斗争的故事。小说的朗读者,咱大伙儿都熟悉,就是后来的和珅专业户王刚老师。

当年电台播《夜幕下的哈尔滨》,好像是晚上六点来钟,家家户户下了班吃饭的饭点儿。那时候,骑着车跟大街上走,街道两边全是话匣子,播的都是《夜幕下的哈尔滨》。您也用不着跟现在似的，拿着手机、戴着耳机，您就骑着车，听马路两边放，就能把故事给听全了。那真叫"家喻户晓"啊。

我记得广播开头是这么说的："这是1934年的春天，清明早已过去，眼瞅着就到谷雨了。可是地处北满的哈尔滨的夜晚，还是凉风扑面、寒气袭人……"

嚯，广播剧火了。火了以后，1984年，《夜幕下的哈尔滨》改编成了电视剧，王刚老师在里边演一位说书艺人，这个角色的主要作用就是旁白加串场，用几句话、用说书的方式，把前后剧情给串起来，这算是一个节目创新，跟社会上引起了不小的震动。后来90年代，老版的电视剧《燕子李三》用的也是这个办法。现在回想起来，《夜幕下的哈尔滨》加个说书人的角色进去，也算那个年代的一种时髦。

80年代初，可以说是相声和评书发展的黄金时期。就拿相声来说吧，那几位重量级的人物，差不多都是那个年代成的名。评书就更不用说啦,当时有个说法叫评书四大名家:单田芳、袁阔成、田连元和刘兰芳。

每天中午到了十二点,话匣子里基本就是这几位先生包场。《杨家将》《呼家将》《薛家将》《铁伞怪侠》《白眉大侠》《百年风云》,还有《平原游击队》,大家伙儿听着评书吃午饭,听着评书睡午觉,中午一觉睡下来,评书又改相声了。——这么说吧,我就是从广播节目里听了相声以后,喜欢上相声的。后来我进曲艺团学说相声,跟那个年代的广播节目有很大很大的关系。

《今晚八点半》

有人说了,我不喜欢评书、相声,曲艺类节目都没意思。那没关系,您可以听歌呀。《今晚八点半》。这是1987年中央人民广播电台开播的一档综合性文艺节目，主持人叫亚坤，我到现在还有印象。

现在办各种节目，都讲究跟观众、听众互动，大伙儿可以给喜欢的节目打打电话、发发邮件，发短信发微信发评论，给后台留言，提出各种要求和看法。这个传统，实际上就是《今晚八点半》留下来的，只不过那时候大伙儿没有手机也没有电脑，打座机电话也不方便，主要的联系办法就是给广播电台写信。

我记得这档节目专门有个听众点播的环节。您要是想给自己的什么人点首歌，甭管在什么地方，八分钱买张邮票，您就能把信寄到北京复兴门外，中央人民广播电台。回头主持人播节目的时候，就能说"哪哪哪的谁谁谁，给谁谁谁点播一首歌，祝他幸福快乐"这类的话。写信点歌的人听着广播，那心里美，美得屁颠屁颠的！那时候给广播电台写信，也算是当时的年轻人，尤其是大学生的一种时髦。

这要说起来，大学生可能是中国最后一拨广播节目的忠实听众。我说的这个大学生，起码也得是小二十年以前的大学生，70后的尾巴、80后。那会儿宿舍里边的电脑还没有普及，学生也还没到人手一部手机的程度，打个电话还要靠传达室大爷叫。所以每天晚上熄灯以后，躺在床上摸黑儿听电台，一听听到凌晨两三点的，这应该是二十年以前上大学的人。

尤其半夜十二点，"这里是午夜拍案惊奇……"好家伙，吱呀门一响，妈呀一惨叫，鬼故事就开始了。明明是夜里十二点，人困得上眼皮粘下眼皮，这动静一出来，人立马就精神了！

得了，这一说，转眼二十多年了，当年躺在床上听电台的这帮学生，差不多也都是奔四张儿的人了。眼下娱乐方式越来越多，别的不说，光那一个手机拿在手里，一天二十四小时您就怎么玩也玩不腻。

生活中很多东西每天都在变,可也有好多东西永远不变,就算变,那也是换汤不换药。二三十年以后,节目播出的平台换了,形式也更时髦了,可是有一点始终不变,那就是希望通过我们的节目、我们的声音,给各位的生活带来欢乐。

我是于谦,一个老惦记着您过得开心不开心的北京相声闲散艺人。

运动会

秋天开运动会,应该算是中学的一种传统。一直到现在,学校玩儿的好像还是这个路数。每个学年,最起码儿得搞这么两回全校性的集体活动。上半学年是红五月歌咏比赛,下半学年,大概在九月底、十月初这个时间段,天凉快了,就是全校运动会。

学生,我觉得都愿意开运动会,怎么呢?因为不用上课了呀,而且最少是连着三天不用上课,那得玩儿得多美!

第一天,先得举行仪式。体育老师拿着那种老的、连线的麦克风,麦克风头儿上经常还得包着块红布，站在主席台上嚎唠一嗓子："什么什么中学，几几年，学生运动会，现在开幕！"这一嗓子喊完，操场大喇叭放《运动员进行曲》，学生们就开始按班级走队入场。

我上学的时候，出席这种场合标准的礼服，甭管男生女生，都是白衬衫配深蓝色儿的裤子。脚上呢，再穿双老式的橡胶底儿的白球鞋。这双白球鞋，头天晚上必须得让家长给刷得锃光瓦亮的，倍儿白！光刷不成，刷完了还得用专门的白球鞋的涂料给涂上一遍。那双鞋往脚上一穿，哎哟，煞白！跟相声里说的似的，"气死头场雪，不让二道霜"。

学生们穿着白衬衫、蓝裤子、白球鞋，顺着操场那跑道，先是踩着音乐的点儿齐步走，快到主席台前边的时候，齐步改正步了，脑袋往右扭，向主席台行注目礼，嘴上配合着还得喊两句口号。

学生运动会喊的口号，不同的年代，内容也

不一样。就拿我父母年轻的时候来说吧,他们那会儿喊的应该是"锻炼身体,保卫祖国"。等到我上中学,80年代那会儿,流行喊"发展体育事业,增强人民体质"。眼下中学开运动会学生们都喊什么口号,我就不太了解了。

学生走完方队,按班级跟操场中间站定,然后就是校长讲话、运动员代表讲话、裁判员代表讲话。这么说吧,您看奥运会开幕式大概的那个流程,学校运动会差不太多,也是那么个流程。

套路小广播

第一天弄完开幕式,第二天、第三天就是比赛时间。像什么铅球、铁饼、一千米跑、五千米跑、四百米接力这些个项目,各班挑自己的能人,谁行谁上。像我这种打小体育方面就不灵、光嘴皮子利索的主儿,这时候就干看着了。也不能说干看着,也有活儿干,可以帮着运动员拿衣服,可以站在跑道边上给人加油助威,最有用的,就是可以给广播站写稿儿。

尤其是给广播站写稿儿。学校运动会跟奥运会最不一样的地方,就是不光看上场的那几个学生拿的都是什么名次,还得看场下的这帮学生参与的程度。这叫什么?这叫组织水平,直接跟班级的年度总评,班主任涨工资、评职称,都挂钩儿。学生好不好,看班主任水平嘛!

按学校开运动会那规矩,学生现场写的稿儿,广播站用了,组织水平这项对应的就可以加那么几分。像我这种,每回开运动会全带个马扎儿坐在场外头干看的学生,肯定都得让班主任督着写稿。写出来,递上去,广播站用不用的还在其次,最起码您得先有个数量的优势啊。这叫广撒网,有枣儿没枣儿先打三杆子再说。

写了这么多年稿,我就发现,学校运动会的这稿也有套路,经常还是三十年不变样的老套路。您不信,我给念一个,您各位边听边回忆,想想自己当初开运动会的时候,是不是也写过、听过这种套路的词儿。

这篇稿叫《致百米运动员》,甭管哪个地方、哪个学校开运动会,99%以上都得有这么个稿儿:

一条条跑道承载着多少汗水,一道道白线见证过多少成败。

每次起跑,是瞬间的爆发,成败,即决定其中。

瞬间的瞬间,闪电的闪电,便是成功的起步。

飞吧!

青春在跑道上闪耀!

梦想在赛场上飞翔!

在一片欢呼声中跃起!

飞吧!

向着理想奋勇拼搏!

滴滴汗水流淌在你的脚下!

不光写稿有套路，三十年不变，学校广播站播音员读稿也有套路，也是三十年不变。之前咱顺嘴提过一句，我年轻时候，90年代初，跟北京西直门外，高粱桥附近住过些日子。

高粱桥旁边有个北京交通大学，这学校，眼下分本部和东校区两块儿。我住高粱桥那片儿的时候，北京交通大学东校区还是个单门儿的学校，叫北京高等电力专科学校，简称电专——不搭桥，光"垫砖"。

这学校有个习惯，每天下午四点，学校大喇叭准时广播，周围居民全能听见。一到下午四点，学校广播电台那小姑娘也是，准时准点儿，把大喇叭打开，先得拿腔拿调地吆喝两句："电专师生！电专师生！"

嚯，前些日子办事路过那片儿，正好赶上学校广播台开始广播。按说这学校的名儿如今都改了，学生呢，也都从70后换成00后了，中间差着可三十来年啊，可是您听学校广播台小姑娘那腔儿、那语气,跟三十多年以前那真叫一模一样,一分钱都不带找的。

东洋魔女

说起播音员,八九十年代电视上有两个辨识度特别高的声音。一个就是赵忠祥老师,《动物世界》,说话不紧不慢、不急不躁的那个劲儿,别人轻易还学不了。再一个呢,就是宋世雄老师解说的体育比赛。

1984年美国洛杉矶奥运会,老中国女排夺冠的那场比赛,宋世雄老师配的解说词,全中国都听见了。像我这个岁数,经历过那个时代的人,心里多少都有点女排情结。60年代,我刚出生那会儿,世界上有个说法叫"东洋魔女",指的是当时的老日本女排。

排球这玩意,打根儿上说,最早是1895年美国人玩起来的。1906年传到中国,日本比咱们还晚两年，1908年才开始有人玩儿。欧美人，您都知道，普遍长得比亚洲人高，玩排球天生就占便宜。日本的老爷们儿长得本来就不高，女的更高不到哪儿去了。直到50年代初，日本女排在世界上都属于垫底儿，上了赛场谁也打不过，连咱们都打不过。

说书先生老爱说这么句话，一寸长一寸强，一寸短一寸险。那时候日本有个叫大松博文的排球教练，他就琢磨，亚洲人天生长得矮，跟欧美人硬碰硬，打死也拼不过人家，要想拿冠军，咱就必须得想点别的办法。最后，他就针对亚洲人身材矮的特点，发明了一套战术。

有了这套战术，1962年，世界女排锦标赛上，日本女排把一大帮欧美队全给干趴下了，头回拿了个冠军。1964年又拿了奥运会冠军。欧美人觉得这事挺邪门儿啊，个儿高的愣打不过个儿矮的？就给日本女排起了个外号，叫东洋魔女。

咱们国家一看，日本女排有先进经验，得好

好学习呀,就在1964年把叫大松博文的这位日本教练请过来了,给中国女排搞了一个月的魔鬼特训。咱们国家女排在日本女排经验的基础上,又有了继承,有了创新,有了发展。最后,闷头苦练二十年,从1981年到1986年,世界杯、世锦赛、奥运会,来了个五连冠。

社会上由此掀起了一股女排热潮。老百姓一提女排这俩字儿,就觉得给力、提气!去年咱们国家女排世界杯夺冠以后,好多经历过那个时代的人都说,老女排又回来啦!这个老女排,指的就是80年代五连冠的那届女排,郎平教练当时是队长,外号"铁榔头"。

缺德天线

咱们说过不止一回了,中国普通老百姓家里,最早有那种九寸的黑白小电视机,大概就是80年代初,跟女排五连冠这时间段差不多互相重合。到了1985年左右，电视机算不上特别难买的东西了，可是一般人家要想下决心买一台，还真得咬咬牙、勒勒裤腰带，思想斗争这么几个月。

有的人那时候真是，思想斗争了几个月，就是下不了这决心。后来一看，哎哟，女排这儿老得冠军，大伙儿下班全赶着回家看比赛去，自己要是不赶这个时髦，用现在的话说，那就out啦。一咬牙一闭眼，外带一跺脚，得嘞，日子不过了，买电视，看女排！那时候报纸上说，女排五连冠那几年，商场里边电视机的销量都跟着噌噌往上涨。

眼下电视用的全是有线信号。以前的电视，您要想看得见人影儿，就必须得装天线。老的那种电视机天线，好多朋友应该还有印象，分室内天线和室外天线两种。室内天线那纯粹就是摆设，实际没什么用。就拿北京来说，那时候电视要是光装个室内天线，您最多就能收着一个北京台、一个中央台，剩下的您再播哪儿，全是雪花！

要想多看几个台，必须得有室外天线。所以80年代，家家户户房子的外头肯定得配套立着根儿杆子，杆子上挑着个电视机天线。全国所有大城市，您站在高处一看，周围全是密密麻麻的天线杆子，就跟小树林子似的。

多数天线都是正规厂家生产的，各位花钱从商店买的，就是几根金属棍儿，拼起来，四外一支棱。个别会过日子的人呢，舍不得花这个钱，也可以找几根细钢筋，照着正规天线的样儿，焊那么个架子，钢筋头儿上还得套个易拉罐。那么着，凑合也能收着电视信号。

甭管是买的正规天线，还是自制的简易天线，信号其实都不是特别稳定。所以那时候还有个西洋景儿，就是每回电视上有女排比赛这类特别重要的节目，家里必定得出来个人，提前十分钟、二十分钟，上院子里转天线去。

这位说了，转天线干吗呢？找电视信号呀！那意思，就跟现在好多朋友还用的半导体收音机,赶上节目不清楚的时候,把天线拽出来,来回转着找这信号,差不多。

负责转天线的这位呢,两只手攥住了室外天线那根杆子,慢慢地转,一点一点地找信号。手里转着,还得隔着窗户跟屋里人喊:"怎么样?有了吗?清楚了吗?"屋里的人要是说:"还没有呐!还有雪花儿呐!再转转!再转转!"外头这位就得接着转,多会儿屋里的人说:"行啦行啦!别动啦,清楚啦!"多会儿才能回屋看电视。

有的天线也是缺德,但凡两只手跟天线杆子上挨着,就一点事儿都没有,电视画面倍儿清楚。只要手上的肉皮儿一离开杆子,电视那边当时影儿就没了!外头这位也没辙,只能认倒霉,接着找吧。最后实在没办法,干脆留个人跟外头站岗,手扶着天线杆子,"牺牲我一个,幸福一家人!"屋里的人才能看电视。

您看1991年春晚,宋丹丹、黄宏两位老师演的小品《手拉手》,里边不就有这么个桥段吗?

说是新买的电视机,天线必须长期有人站在旁边,拿手扶着,才能看见影儿。家里老太太心疼闺女,想了个主意说:"要不咱们拿二斤肉挂在上头,成不成?"不就是这个笑料吗!

纯子头,幸子衫

整整四十年以前,"东洋魔女"风头最盛的时候,日本导演拍了部女排题材的电视剧《排球女将》。哎哟,这部电视剧,可以说是影响了几代中国人。

《排球女将》的故事其实挺简单,讲的就是一个叫小鹿纯子的女孩儿,带着几个女中学生刻苦训练,打算参加1980年莫斯科奥运会的事。中心思想,用许三多的话说,就是不抛弃、不放弃。我记得小鹿纯子还会几个小绝招儿,好像是什么晴空霹雳、幻影旋风这类的,反正听名字就让您觉着挺厉害。

1981年，老女排拿了第一个冠军，广东电视台趁着这个热乎劲儿，最早把《排球女将》引进到了中国。比《排球女将》稍微晚几年，1984年风靡全国的日剧《血疑》，最早也是广东电视台引进的，两部电视剧的中文配音其实是一拨人。

《排球女将》80年代在中国火到什么程度？那时候中国年轻女孩主流的发型就两种，传统点的是梳麻花辫儿，要么是梳一根大长辫子，要么是按《上海滩》里边冯程程那路数，扎两根麻花小辫儿；现代点的就留个半长发，学名"解放头"。直到《排球女将》火了之后，中国女孩这才开始学着小鹿纯子那发型样式留长头发，不梳辫子了。

当年有个专门的说法，管这种发型叫纯子头。纯子头配幸子衫，就是《血疑》里边山口百惠穿的那种针织衫，可以说是80年代初，中国年轻女性特别时髦的一路打扮。

1990年北京亚运会,五连冠的老女排退役了,轮到梳过纯子头的这茬儿年轻女排上场,咱们又拿了个冠军。

1994年,巴西圣保罗女排世锦赛,中国女排只拿了个第八名。直到二十二年以后,还是在巴西,换了个城市里约热内卢,中国女排杀进奥运会决赛,才算打了这么个翻身仗。

2019年,女排得了世界杯冠军以后,陈可辛导演拍了部电影《中国女排》,原定是今年1月25日大年初一上映。《中国女排》讲的故事,就是从2016年里约热内卢的排球赛场,一下子穿越回三十多年以前,回到那个家家户户买电视机、看女排的年代。

自行车

刚进6月，就有个有说头的日子：6月3日，世界自行车日。这是最近联合国定的，我也不知道具体这天干什么，但这自行车呢倒是挺有的聊，为什么呀？中国是个自行车大国，中国自行车最多。

现在我不清楚啊，我们小时候那个年代，中国是自行车大国，全国九百多万辆！我记得我小时候上学也骑自行车，裹在自行车的大军里边，嚯，非常壮观！一过马路，你不用"铃铃铃"地摁那车铃。那时候的自行车不像现在似的带飞轮，一骑起来"嗒嗒嗒，嗒嗒嗒"，以前没有那个,就俩轱辘。一个车从你身边过,你听不见什么声,老因为这个,抽冷子后面来一车,挨撞。

虽然没声,但我那会儿印象特别深,过十字路口,都等红灯,到绿灯的时候,这一大波自行车就这么一走啊,每辆车你听着仿佛没声,就这一堆一走,跟蝗虫似的那种压迫感就过来了,"呼噜呼噜"地过去,非常壮观!

后来自行车就没落了,没有什么人骑了,但这两年又流行回来了:共享单车!我也不知道是从几儿啊,印象当中是2016年、2017年,突然一下子,就发现大街上出现了小黄车,而且后来各种各样——绿的、粉的、红的、蓝的,都有。我觉得还挺方便的,开始我还骑,甭管去个近的地方还是哪儿的。后来又不知道是什么时候,这共享单车也没落了,但就让我想起来了我们小时候那个年代,对自行车真是挺有感情的。

当然了,我们当时的自行车没有现在这么花里胡哨,这么好看,都是一色儿黑。一色儿黑归一色儿黑，我倒是对那个，感情更深一点。那时候一部自行车在家庭当中的地位，咱这么说吧，不亚于现在的一辆汽车。买辆自行车，不容易！

眼门前儿就有嘛。前两年我演的电影《老师好》里头，我演老师苗宛秋，他就有这么一辆大二八自行车，可以说是我们这电影当中不说话的主角了，全是它的戏。

那辆自行车，怎么来的呀？是人苗老师"地区先进工作者"的奖品。那还了得？就跟现在您荣获先进工作者，奖励一辆汽车，我觉得跟那感觉差不多，而且这荣誉感和含金量，是现在一辆汽车比不了的。那得作到什么贡献，才奖一辆自行车啊？推着这辆车走在学校里，所有老师都仰视！

而且话说回来，当时您要想花钱买一辆自行车，不像现在似的，"咱每天活动范围也不大，开车也不方便，得嘞，咱买辆自行车吧。"上午说的，下午就买了。那时候可不！买一辆自行车,咱还别说那时候是计划经济,要票,票还不好拿,托人弄饬的,还得赶机会、对时间,拿着这票了,还未见得有货。嚯,难啦!

姑且不说票的事儿。就算您拿到票了,这钱您也不是一时半会儿能凑出来的。那时候的自行车——往前捯我不敢说啊,咱没赶上,我小的时候,一辆自行车也二三百块钱呐。那时候工资一个月就五六十,养一家子,哪儿就凑出二三百买辆自行车走?

买回来,全家都对这辆自行车视若珍宝。我还真没过分地说,真就是宝!我记着小时候住大杂院儿,那时候在西城,这大杂院挺深,我们住最里边,最外边有老两口儿。我小时候老头就七十来岁了,家里有辆自行车——那时候不是每家都有,很少。

老头呢,家里边家境比别家好一点儿,老头年轻的时候是开汽车的。您瞧,那之前开汽车,那就是给主要领导啊大企业的老板啊开车,那时候就算挺洋气的了。后来退休了，不干了，一辈子喜欢车，您说买个私家车？那时候不敢想象。攒钱买了这么一辆二八的自行车。

这一个院儿里，就看人那自行车骑着，好！老头七十多岁，身体也好，走哪儿都骑自行车。而且这自行车，不瞒您说，遇上沟沟坎坎，遇上个水坑儿躲不开的时候，下车，搬着自行车过去。宁可毁鞋，不能毁车！颠腾一下？没有，不成！就爱到那份儿上。

天天坐在院儿里擦车。后来我说，您这车啊，没骑坏都擦坏了，漆都擦没了！这么跟老头开玩笑，但是就这么爱。院儿里头谁有个急事，找老头："哎哟大爷，我实在来不及，走着、坐车都不行了，我借您自行车骑骑？我出去办个事儿。"老头一翻白眼儿，兜里掏出五毛钱来："拿着，你坐公共汽车去！"您瞧，宁可掏钱，他也不让人骑他那自行车，怕毁咯！就这么心疼。

那时候这了不得。家里边有个自行车，再

有个孩子的,前边梁上搁个小竹椅子。不让骑车带小孩,不让骑车带人,那是后话,那时候这自行车就什么都干。不让带人?不让带人我买它干吗啊,是不是?这是家里主要的劳动力啊,必须带!送孩子上学,上幼儿园都得带着。俩孩子的,前边一座儿,后边一座儿。

那时候专门有给自行车设计的带小孩的座儿,小竹椅子,藤条编的。底下有俩竹片,专门设计的,把大梁跟斜梁插在一块儿,底下一锁,这小座儿也不歪,设计得挺好。后座儿也一样。很多自行车上都安这个。

小孩儿们也喜欢,天天在胡同里有孩子骑着车跑。

小孩儿,没那么长的腿,怎么骑啊?有一方法,您小时候骑过大人自行车的都知道。把这腿啊,从大梁底下蹁过去——整个人挂在自行车这边,一条腿伸到那边去,蹬这轮子。嚯,那也骑得挺快，疯极了！有时候没骑好，摔个鼻青脸肿，腿也磕破了，脸也戗了，回到家里也不敢跟家长说。

"你怎么回事儿？"

"我就……就摔一跟头。没事儿，就没看见……"也不敢说。

有时候不说不行了，怎么呢？自行车也摔坏了！回家挨顿打——小孩儿磕坏了不管，自行车摔坏了不成！这么宝贵一样东西，第二天骑不了了，这是家里头主要产业啊，你给弄坏了？！你那伤先搁案上，先来一顿打。

来顿打也骑，第二天照样骑。就这么喜欢！

那时候您想啊，结婚的时候，南方说法叫讲究彩礼嘛，"三转儿一响"：手表、缝纫机、自行车，外加收音机。那时候这些东西都是要票的，尤其是自行车。

那时候自行车没有那么多的品牌，像现在似的。那时候自行车，我印象当中就三大品牌：凤

凰、永久、飞鸽。嚯,那品牌,所有人都喜欢,尤其爱说这话:

"哪品牌哪型号的,你就买这个!"

"为什么呢?"

"钢不一样!锰钢的,轻。"弄一小自行车,俩手指头就颠起来了,"你看我这车!钢好,轻!骑上也轻。"

那时候就这三大品牌。中国人对自行车,真是有极深厚的感情。

外国人骑不骑啊?也骑,但骑得少。外国人我印象当中,自行车就不是那种功用,他们拿自行车就是锻炼身体,玩儿。因为什么呢?我总结有那么几个原因。

一个呢,是外国的地形不太适合骑自行车。尤其是到美国,洛杉矶,您看吧,从这点奔那点,开车一动换就得半个小时以上,汽车!您要是骑自行车,嚯,那得多长时间?所以不太适合骑自行车，它地广人稀嘛。

另一个呢，就是外国的汽车普及得早。1950年，美国的家庭普遍就有汽车了。早在1920年代，福特公司生产了一种T型轿车，卖得便宜，几百美元，这样一个小型汽车就进入家庭了。您说汽车普及了，谁还每天骑个自行车到处办事儿去，对吧？

自行车刚刚传入中国的时候，实际上也是为了玩儿，怎么呢？那时候贵，一般老百姓买不起。真正有钱的人买了，那可不为了玩儿吗？人家想坐车都有私家汽车，弄个自行车就为了玩儿、锻炼。

最早进来的自行车，那是皇上骑的。有记载，有人给光绪皇帝献了一辆自行车。那时候自行车是稀罕物啊，中国没有，传过来的，哎哟，自行车俩轱辘，一蹬就走，多好玩儿啊。光绪皇帝很高兴，特别喜欢，就打算老骑。老骑？慈禧太后不乐意了。慈禧太后大权在握啊，光绪皇帝又算是她儿子，母亲教训儿子，天经地义，就说：作为一个皇帝，天天骑着这玩意儿满世界跑，成何体统？这不行！没让骑。光绪皇帝打这儿就断了。

他断了没关系，宣统皇帝也喜欢。记载是1922年，溥仪结婚的时候，他堂弟溥佳送了他一辆自行车。哎哟，溥仪一见就喜欢上了，这太好玩儿了，有意思！我得骑。不单骑，还得找老师教，别给皇上摔了啊。您不像我们小时候，小胡同串子，小孩儿掏着裆在那儿练，不是。给皇上摔得头破血流的，那才叫成何体统呐，所以得找老师教。一个月一百块现大洋，请了飞车小李三，专门教溥仪学。溥仪学完了，还让婉容学。婉容是皇后啊，那时候也算是新女性，也喜欢这类新鲜事物，骑上自行车，英姿飒爽的也好看。电影《末代皇帝》里还有，溥仪练自行车，喜欢这个。

《末代皇帝》里不是有这么个剧情吗，溥仪母亲去世，溥仪要去看去，不让。哎哟，很伤心，最后溥仪骑着自行车,打算硬闯宫门,结果还是让人拦下了。那场戏写得挺震撼。后来我想,溥仪之所以喜欢自行车,就是骑上自行车的这种驾驭感、自由度,可能是他这辈子最缺的东西。

嗐,这是我瞎想啊。反正,骑自行车专门有骑自行车的好处和魅力,要不现在有很多骑行的、喜欢这个的,买一身骑行服,专门弄一辆运动自行车,一骑就几十公里、几百公里地玩儿去。那时候就有。

咱话又说回来了,溥仪的堂弟溥佳,为什么送给他一辆自行车呢?这就得从溥佳的父亲说起。

溥佳的父亲谁啊?载涛,溥仪的七叔。载涛喜欢自行车。

据历史记载,载涛是个大玩家,不单喜欢自行车,还喜欢骑马,喜欢斗蛐蛐儿,喜欢养鸟,喜欢唱戏。八旗子弟嘛,喜欢这个那个的,什么都会,什么都爱,什么都喜欢,什么都钻。据说唱戏唱得也好，骑马骑得也好。有这么个记载，说张作霖从东北进到北京了，专门跟载涛比赛过骑马，结果输得是一塌糊涂。

载涛喜欢溥仪，一直在辅助、辅佐他，溥仪逃出宫去的时候，他还在给溥仪照顾、安置。但是唯一反对溥仪的是一件事儿，就是反对他做日本的傀儡皇帝——哎，这是大义。结果溥仪没听他的，做了日本这傀儡皇帝了。再后来就改造啊，再出来就新社会了，专门去看载涛去。那时候载涛就已经上岁数了，七八十岁了。见了面，就不能再以君臣之礼聊天了，新社会了嘛，重新认了七叔，改了口。后来一直有走动、团圆，对载涛很尊重。

咱还说回来自行车。载涛喜欢自行车，据说八十多岁的时候，还专门让他儿子陪着，从家里骑车一直骑到十三陵。八十多岁！算下来现在也六十多公里呐！您说，那时候他那么喜欢，让他儿子在溥仪结婚的时候送一辆自行车，这不很正常吗？

后来呢，自行车慢慢普及，就有女的骑了，为这个还专门设计了一款坤车。我小时候有印象，坤车跟普通自行车有什么不一样啊？没有大梁。有大梁你上车不方便啊。男的骑车，一蹬这脚蹬子，腿儿从后边蹁上去，对女的来说这动作不太适合。怎么呢？穿裙子，穿旗袍，不太适合。就专门设计了坤车，没大梁，腿儿从前边一绕，坐到座儿上就开始骑了。嗯，女性骑的自行车，专门有一种女权解放的概念。

不管怎么说吧，自行车在咱们中国命运起伏。实际上我还是觉得，自行车的兴衰，是随着人们生活节奏的改变而改变的。您回想，自行车最火的那时候，就是我们小时候那段时间，那时生活的节奏慢，城市小，互相走动的距离也不是太长。

这是我们那个年代的记忆，想起来还挺怀念。

ок # 在人间

摇滚

去年火了这么一档综艺节目,《乐队的夏天》。有意思,不知您看过没看过。这节目请了好几十支摇滚乐队,什么年代的都有。夏天播的,挺应景。夏天嘛,天气燥热,尤其是北京,桑拿天儿,热得人没着没落的,听听摇滚,喝点儿冰镇啤酒,我觉得也算是一个消暑的好办法。

我为什么关心这事儿呢?说来惭愧,我有这么一身份,您可能有知道的,有不知道的,我是中国摇滚协会的副会长。挺唬人,说起来我也挺不好意思,其实我就算是摇滚发烧友吧,确实是喜欢,也爱听、爱学、爱唱,爱跟这行的朋友交往，都混成哥们儿了，跟着人家能长知识啊，能学东西啊。人家呢，也爱带着我混，也爱跟我玩儿，所以在摇滚圈朋友挺多。

我呢，跟台上老爱唱，所以人家经常带着我，上这儿开个会啊，去那儿参加个活动啊，玩着玩着，成立了这么个协会，给了我这么个头衔儿。开始我还推辞，确实是不好意思，咱也不是专业的，只能说是发烧友，跟着玩儿，跟着凑热闹、起哄。后来我一想，得嘞，大伙儿看得起我，能跟着搅和搅和。再有呢，跟相声舞台上唱唱摇滚，给喜欢的这么个行业起到点推广的作用，也是我愿意干的事，也是件好事。得了，别推辞了，就这么一路下来了。当然了，这事到现在还老觉得臊得慌，实在是不称其职啊。

咱话又说回来，有了这么个身份，我看着这节目心里就高兴。看着现在摇滚乐在全国遍地开花，深入人心，咱确实替人高兴，我这心里美。

这节目，让我想起什么了呢？想起了不少东

西。我想起1990年有这么一个摇滚专场,好像叫"90现代音乐会",当时也是请了挺多摇滚乐队,唐朝、七合板、呼吸、曜,都算是中国第一代摇滚人了,这了不得,算是中国摇滚乐队的第一次集体亮相。

在那之前没有,那之前哪儿有这么大的公开亮相的机会啊?那时候年轻人玩乐队的不少,但是都没有太多的演出机会。那次算是破例了,这么多乐队同时登台,现场三万八千观众,您想想,那场面,据说舞台后面都坐满了观众。当时那氛围热烈到什么程度?观众的呐喊声,已经淹没了台上演出的声音,乐手都听不见自个儿的声了,就这么热烈!以前可没有这个,没机会这么多人凑在一块儿大张旗鼓地听。据说现场的椅子都给跺烂了好多把。

一无所有

我也是从那个年代过来的。要说中国摇滚乐的原点,那还得再往前捯,得从1986年,崔健登上北京工体舞台,唱《一无所有》开始算起。

现在一说起这次亮相,好像很辉煌,但在当时,这整场演出其实是一个大拼盘,叫作"百名歌星演唱会",据说名头还是"为了国际和平"这么个缘由。崔健是和人唱拼盘,就是在一个晚会里,给你唱一首,其他的都还是比较传统的曲目。

据崔健说,他在演出前,因为之前准备好的曲目不能唱了,所以临时作曲、填词,很随意地就出了《一无所有》这首歌。甚至直到晚会开场前,崔健和自己乐队的成员都不确定今天到底能不能登台。但就是这么个寸劲儿,就唱出这么一首歌来——很多东西都是这样,无心插柳。

崔健登台了,裤腿一只高一只低,看着就是这么一个不起眼儿的年轻人,但是《一无所有》那几句歌词一吼出来,现场人就全震了。底下一下就躁起来了,身体里的很多东西跟着就释放出来了。

其实这事儿吧,现在想想也是很奇怪。这歌词多简单啊?怎么就一下子火了呢!反正我现在的感受就是,虽然词简单,但是真诚,听到一下子就被震住了。您就想啊,怎么能用这么简单的方式,说真话呢?您听着一下子就被打动了,好像把自己的某种心声,从他的嘴里就唱出来了。大家伙儿都有这种感觉,所以也算当时的一种时代情绪,那种困惑、迷茫、不确定。这事儿不能分析,就是说,从那个时代走过来的人,很难不被这首歌感染。

崔健从此被封为中国摇滚乐之父。但是人家自己不承认这称号,我记得他说过,他认为中国摇滚不是创造出来的新东西,在最初的一段时间里是照搬西方的,是在那个基础上发展起来的。

崔健早期是在北京歌舞团吹小号的,吹着吹着,就情不自禁地玩起摇滚来了。第一批玩摇滚的人可能都经历过那个过程,就是七八十年代,通过各种渠道,当时市面上还买不到磁带、CD,都是翻录的磁带,都是私下里听、暗地里传,在朋友家的小客厅里组织个小型的聚会,一群人凑一块儿听披头士。嚯,那时候听着,心里就跟犯罪似的!但是也能带来极大的快感。您想啊,在那之前,中国人听的都是什么歌啊?除了革命歌曲就是《军港之夜》,再就是偷偷听听邓丽君——当时还算是"靡靡之音"。

摇滚和这些音乐太不一样了。现在摇滚已经被大家伙儿接受了,但是在那个时候,很有争议。您别说在中国了,就是在欧美,在披头士的老家利物浦,摇滚乐被大家伙儿接受也是经过了一个很漫长的过程,一开始被视作妖魔鬼怪,被视作很有破坏力的东西。

但是我觉得吧,这话得这么说,我觉得中国摇滚乐还是走出了一条自己的路。虽说第一代摇滚人都受了披头士、鲍勃·迪伦、猫王、滚石乐队的影响，但是我觉着，摇滚的元素，其实早就埋在中国年轻人的心中，一经召唤，一给火种子，一下就出来了。大家就是跃跃欲试，都想找到一种表达自己的方式。

我看过一个片子，关于侯牧人的，他也是中国最早一批的摇滚人。他女儿是做纪录片的，给她爸爸拍了一个片子。开片的时候，侯牧人说，80年代末看完足球比赛，中国队4比2反败为胜了，大家伙儿激动啊，都跑天安门广场去了，认识不认识的都拥抱、握手，一起唱歌，唱《东方红》，唱《大海航行靠舵手》。当时，侯牧人心里就起急了，心说我一定要找到一种音乐，是在这种时候可以一群人在广场上唱的！

所以可想而知，当像他这样的年轻人遇到摇滚的时候，那必然是一拍即合！这种表达方式就被找到了。

其实当西方摇滚乐在八九十年代一股脑地传到中国的时候，这里面是有个时间差的。欧美摇滚乐的黄金时期是什么时候？六七十年代。披头士、鲍勃·迪伦，都是六十年代中后期才崭露头角的。很多中国人开始知道披头士，可能是在约翰·列侬被枪杀了之后，那都是八〇年了，披头士在七〇年就解散了。但是这个时候在中国，很多年轻人开始如饥似渴地听他们的歌，引发着一股狂潮。

魔岩三杰

再说到1994年，香港红磡，举办了一场演唱会，魔岩三杰。当年台湾的魔岩唱片包装出几个大陆的摇滚歌手，窦唯、何勇（他唱过《钟鼓楼》），还有一个是张楚，您即使不认识他，也一定听过他那句："这是一个恋爱的季节，孤独的人是可耻的。"当时内地的艺人在香港办演唱会没有那么容易，因为那时候香港还没回归，香港乐坛还是四大天王的天下。这几个年轻小伙子从北京去了,丝毫不怯场,一点儿不含糊,那场演唱会,把香港人整个儿给震了!那完全是实力征服的。据说,四大天王就坐在台下听,服了!

据说还有一件轶事。给张楚伴奏的乐手,拿的琴弦音没校准,弹跑调了。他一跑调呢,张楚也就给带跑调了。跑调了呢,张楚倒是没慌,唱了几句觉得不对,就停下了,特别真诚地跟观众说:"我跑调了,能重唱一遍吗?"然后就认认真真地重唱了一遍。那时候的人吧,都挺可爱的,唱完台下都是掌声。

今天看来呢,这个演唱会算是中国摇滚乐的高光时刻。现场所有的人,情不自禁地都跟着音乐摆动身体,用身体回应摇滚的节奏,我觉着这是听摇滚最好的状态了。听摇滚,您要是看着一群人跟那儿傻站着,那就是你的音乐不够好。

摇滚土壤

话说回来,就说这几个北京小伙子当时到香港,给香港人带去了那么多的震撼,可那时候,北京的摇滚圈是什么样的呢?北京怎么就为摇滚乐提供了这么一块土壤呢?这么说吧,崔健让中国人知道了摇滚。

咱们前面也说了,在很长一段时间里,摇滚乐队公开演出的机会很少。大型晚会不敢让唱摇滚,吃不准,场馆也不敢租借给办摇滚的演唱会。所以最初的摇滚艺人,完全是凭着一腔热爱,自娱自乐,在这么一个小圈子里自个儿玩。那个年代,大伙儿心态相对比较简单吧我觉得,经得起消磨,在消磨里还能有所创造。这么说吧,我们年轻的时候,甭管参与不参与,但是那时候的北京确实挺热闹,人没现在多,但一到周末,大大小小的聚会啊,乐队现场演奏啊,年轻人都去,一块儿唱啊跳啊,交流思想。

那时候搞摇滚的、玩这个的人，都不是很富裕，早期的时候，也很少有公开演出的机会，大家几乎也都过着一种乌托邦的生活。几个喜欢音乐的朋友，住在一个大院儿里头，在院儿里自己烧饭，也没什么好吃的，吃完饭喝点酒，剩下的时间大家就一块儿练琴、排练，特别简单，但是特别快乐。有时候没钱了，怎么办呢？就蹭饭去。有的时候出去演出回来，都没有坐公交车的钱，怎么办呢？在公交站晃荡，捡地上的钢镚儿，凑半天凑够了再上车。就这么寒碜，当时的日子就这么苦。所以说那时候吧，现在想起来也挺宝贵的。就是喜欢，弄这个就乐呵。

所以说，1990年，那次工体的摇滚专场，是一个很特别的记忆，在此以前没有这么大型的摇滚音乐会，都是私下的。

窦唯

咱们再聊聊窦唯,当年黑豹乐队的主唱。刚才也说了,他离开黑豹乐队之后签了魔岩唱片,成了魔岩三杰,才有了红磡的摇滚狂欢。现在的年轻人认识窦唯,可能都是通过王菲。

其实呢,窦唯是除了崔健之外,中国摇滚黄金一代中最耀眼的歌手之一。如果说崔健的《一无所有》让中国摇滚乐不再是一无所有了,那么窦唯的《无地自容》,就让中国的摇滚乐不再无地自容了。

窦唯很早就出来走穴演出了。北京孩子,有音乐天分,窦家的老爷子是搞民乐的,对窦唯的音乐有影响。本身窦唯从小就有个性,据说上中学的时候就喜欢穿着紧身衣,在教室里跳霹雳舞、唱邓丽君,怎么叛逆怎么来。据说啊,窦唯早期的音乐启蒙是一个叫威猛的外国乐队,再就是迈克尔·杰克逊。所以您看窦唯担任黑豹乐队主唱期间那造型，长头发、爆炸头、一身皮衣，要么就是上面黑色紧身衣，下面紧身的花裤衩儿，显得非常霹雳。后来的窦唯，打扮越来越斯文了，长发也剪了，但还是难掩骨子里的那股桀骜不驯。

窦唯十五六岁就出来走穴演出，看过他表演的都知道，那种舞台表现力，好得没的说！当时刚好黑豹乐队缺主唱，就找上他了。窦唯加入黑豹的时候才十八岁，年龄最小，但他的创作能力很强悍。有人开玩笑说，一首《无地自容》养活了黑豹三十年，这首歌就出自窦唯之手。据说呢，这首歌的作词过程也是很非常规，是在排练现场"打表倒计时"憋出来的，现在成经典了。担任黑豹主唱的时候，窦唯的风格是非常高亢、激昂，这是窦唯给黑豹定的调。据说早期窦唯在没有创作出自己的歌曲之前，唱迈克尔·杰克逊的歌，也唱崔健的歌，可见窦唯还是深受老崔影响的。就在黑豹火遍大江南北的时候，窦唯退出了。

现在窦唯也算淡出公众的视野了，但是他对音乐还是有坚持的，做了很多实验音乐。现在他的状态很仙，回归了一个普通的北京爷们的状态，自由自在的，挺好。

您细想想，谁能一辈子摇滚呢？摇滚，不能说是年轻人的特权吧，但像我这样的中老年，吼两嗓子摇滚，也就这样了。但是生活，您不能一直那么摇滚，最终都还是要归于平淡。到了我这个年纪，才想明白一个理儿，什么呀？您活一辈子，其实就是个很摇滚的事儿！

高跟鞋

今儿跟您聊一个有意思的话题：高跟鞋。

一听这个，有的朋友就乐了：你一个大老爷们儿，聊点什么不好，聊高跟鞋？女士的专利？

这您还真说错了，高跟鞋不能说是女人的专利，男的也穿，也需要啊，因为穿上高跟鞋以后，他走路就觉得挺拔。男的也需要这种劲儿啊。

再有，男的穿高跟鞋还真不叫新鲜事儿，我就赶上过。有人问，你穿过？不是我穿过，我赶上过这么一个时代！那个时代就流行过一阵高跟鞋，那是80年代。

要说现在，男的要是穿双带跟儿的皮鞋，那十有八九是对自己的身高不满。有的人穿上这鞋，还怕别人知道自己的鞋带跟儿，脸上挂不住，所以专门买那种底儿特别厚的皮鞋，叫增高鞋。还有种内增高的，外边看不出来，那就更隐蔽了。道理都一样，总是想往上再长那么一截，让人觉得自己不那么矮。

80年代不一样，真流行过这么一段儿，那时候男的不分高矮，差不多都有那么一两双带跟儿的皮鞋，当然了，那跟儿没女鞋那么夸张，也就四五厘米左右。为什么呢？因为那会儿流行穿喇叭裤。这喇叭裤是一种牛仔裤，当时外国的电影、音乐什么的刚开始流行，好多赶时髦的男青年也就跟着人家学穿衣打扮。

当时男的最时髦的打扮，就是留一脑袋长毛，长头发。说是长头发，也没到女的留马尾辫、披肩发那程度，没有那么长，大概也就耷拉到脖子根儿。再讲究点的，不光留长头发，男的也烫个大波浪。留这么个发型，然后上身穿一个紧身的花衬衫，领口还得敞着，第三个扣儿都不系，挂个墨镜。下身穿条喇叭口的牛仔裤，膝盖以上倍儿紧，特别合身，膝盖以下两个大喇叭裤腿，裤脚开得跟裤腰差不多，就那么宽。这身行头捯饬出来，具体什么效果呢？我赶上过，您有的没见过的，可以参考70年代美国有一歌星猫王，他就是典型的那么身打扮。

喇叭裤当年在北京极其有名，有个外号叫净街王，又叫气死扫大街的！意思是说，这种裤子不光裤脚大，还长，老在地上秃噜着，有什么脏东西都能让这裤子给划拉走。

那时候家里没有多少身衣服，就那么一两身衣服，还没有洗衣机，都是大洗衣裳盆、搓衣板，搓完了拧，拧完了晾，就那样呗，不可能跟现在似的每天洗澡、换衣服。那穿喇叭裤怕脏啊，再加上这种裤子还就得个儿稍微高点才撑得起来，裤脚耷拉在地上多了也不好看，所以好多男的才开始流行穿带跟的尖头皮鞋。最理想的效果,是正好让裤脚盖在脚面上,将将露出两个鞋尖儿,这样显得个儿高,腿也长,脚还小。

我赶上过,穿过那么一阵儿。后来慢慢地就有了自己的审美了,我那时候不瘦,挺胖,腿也粗,个儿也不算高,后来就觉得……我穿这大喇叭腿儿实在不好看。

其实吧,您再往远了说,高跟鞋打根儿上其实就男的穿的,最开始的时候跟女的没有什么关系。

您别不信,最早发明高跟鞋的应该是古埃及人。埃及,大伙儿都知道,到处是沙漠,您穿双平底鞋,容易把脚陷进去啊。所以古埃及人不分男女,都喜欢穿带跟儿的鞋。古埃及人发明了高跟鞋以后,古希腊人、古罗马人、古波斯人,反正就是地中海那块地方,就都开始赶这时髦。

时间到了15世纪,古波斯帝国的国力达到顶点,高跟鞋也让波斯人给玩到了极致。古波斯穿高跟鞋的都是男的,而且多数还都是当兵的。为什么啊?您瞧,我一说这道理,您就明白:因为他们骑马打仗。骑过马的朋友都知道,马靴多少都带点跟儿,要不脚跟马镫里头踩不住啊。所以说,现在高跟鞋的原型其实就是古波斯人的马靴。

意大利人在各路洋人里边,得算是最会赶时髦的了,欧洲最早流行穿波斯高跟鞋的就是他们。1533年,意大利佛罗伦萨大公的女儿,嫁给了法国国王家的老二,奥尔良大公亨利,顺便也把穿高跟鞋的习惯带到了法国。您说法国人玩起时髦来,不比意大利人差到哪去,高跟鞋很快就流行开了。

这之后又过了大概一百年,法国出了个国王叫路易十四。这哥们儿,身高一米五七,为了让自己看上去高点儿,路易十四专门设计了现代款式的高跟鞋,而且还规定只有贵族才能穿红跟儿的高跟鞋。

您瞧,眼下说打底裤、丝袜、高跟鞋,都

是时髦小姑娘夏天上街的标配,但是这套行头搁在路易十四那会儿,其实都是老爷们儿穿的!现在您看看讲那个时代历史的欧美古装戏,里头的男的还都是捯饬成那样:上身燕尾服、衬衫、领结,捂得严严实实,脑袋上还戴着假发;再看下身呢,短裤、白丝袜,再配双小皮鞋,皮鞋多少还得有点跟儿。

有朋友就问了,一帮老爷们,好好的干吗非得弄这么身行头穿身上?那我反过来问问您,现在小姑娘为什么爱穿打底裤、丝袜、高跟鞋?您肯定得说,显个儿啊,显腿部线条啊,对不对?对,当年那帮西方老爷们儿也是这么想的,反倒是西方女的,最早不时兴穿高跟鞋、丝袜。为什么呢?因为当时西方女的流行穿拖地的长裙,下半身都挡着呢,穿什么别人也看不见。

现在欧美的古装剧为了照顾大家的审美,老爷们儿穿的一般都是白丝袜。可实际上当时可不是这样,不光白的,红的、花的、蕾丝的都有!

现在时髦小姑娘穿什么款式,当年那帮糙老爷们儿就穿什么款式!而且不光这样,中世纪嘛,您想,工业水平没现在那么高,那丝袜做出来弹力也不怎么样,穿着穿着就往下秃噜,所以吊袜带这玩意儿,最早也是老爷们儿穿的!

老爷们儿穿丝袜、高跟鞋这个时髦,在西方流行了一百来年,后来慢慢地,这鞋跟越来越短,最后就变成丝袜配平底鞋了。现在有幅油画,在中国挺流行,叫《拿破仑翻越阿尔卑斯山》,好多老板的办公室里,那大班台后面,都愿意挂这幅画,觉得比较有气势。这画里边,拿破仑就是穿着紧身大裤衩、丝袜,配了双稍微带点跟儿的短筒马靴。

2010年,法国巴黎拍卖了一双丝袜,成交价合人民币二十四万多。这双丝袜就是当年拿破仑穿过的,上头还带着味儿呢,反正是……拍卖了这么多钱。法国民间传说,拿破仑患有严重的痔疮,就是因为他常年喜欢穿紧身裤、丝袜骑马,连勒带磨，给弄出来的。——这都是法国人传的。

　　西方老爷们儿不时兴穿高跟鞋以后，西方的大姑娘、小媳妇，才把这时髦从男人手里接过去。为什么呢？怕脏。过去中国人卫生条件差，方便的时候大街上逮哪儿都能方便。洋人比咱们也强不到哪儿去，也逮哪哪来，大街上什么都有，脏极了。

　　大姑娘穿着拖地长裙，捯饬得像模像样，出去溜达一圈儿，回来以后裙子直接就改墩布了。所以有的人就想办法，咱们能不能把脚往起垫那么一块儿呢？跟80年代喇叭裤配高跟鞋那道理差不多。高跟鞋，这才从男鞋改成了女鞋。那个年代，西方贵妇的鞋跟儿，好家伙，最高得有三四十厘米，上街跟踩着高跷似的。穿上这种鞋，肯定自己就不能走了，要么专门找俩小丫鬟跟两边架着，要么就得挂拐。您想，三四十厘米！还怎么走道儿啊？

后来到了19世纪末,西方女性鞋跟的高度就跟现在差不多了,矮的可能有个四五厘米,高的也高不出十厘米去了。正赶上那时候是中国的晚清,庚子国变以后,慈禧太后为了跟洋人搞好关系,特意招呼西方驻华公使的家眷,去到紫禁城里边吃饭、听戏,后来还有一个特有名的美国女画家叫凯瑟琳·卡尔,专门跑到颐和园给慈禧画过像。这些人在宫里溜达来溜达去,那个时候穿的,就是高跟鞋。负责招待她们的格格、福晋,穿的也是高跟鞋——咱们中国传统的高跟鞋,俗称花盆底儿。

花盆底儿,不知道您知道不知道啊。您看这两年清宫戏挺火,里头的小主儿们,一人就穿一双花盆底儿,这其实也不是太对头。按过去宫里的规矩,只有娘娘、格格这样够一定身份地位的人,才能穿花盆底儿。宫女啊,奶妈啊,这些人没有资格穿。就拿《还珠格格》来说吧,皇后、令妃、小燕子，穿个花盆底儿肯定没问题；容嬷嬷她们也穿，实际上就不对了。

满族花盆底儿的高度，最早可能也就到半寸、一寸，后来慢慢也往高了长，有长到六七寸的，那差不多也合到三十厘米左右，跟西方那高跟鞋不相上下了。您说这么一双小高跷踩在脚底下，肯定舒服不了。但不舒服归不舒服，满族的妇女还就愿意往脚上穿，为什么呢？显得脚小啊，显得个儿高啊，显得漂亮啊。

本身满族人没有缠足的习惯，但是入关以后呢，汉族妇女都时兴缠足，以脚小为美，三寸金莲嘛。女人天性都爱美，您想想，为了美，脸上挨刀、整容都不怕，缠个足算什么？所以清朝建立以后，满族的妇女也偷偷地开始跟汉人学缠足。皇上不高兴了，下了好几回旨都没禁住。据说最后实在没辙，想了个变通的办法，发明了花盆底儿，穿上了以后显得个高、腿长，脚还小。这是关于花盆底来源的一种说法。

从那时候开始，旗袍配花盆底儿，就变成了满族妇女的正装。

清朝完了以后，最讲时髦的知识女性流行过一阵穿原版的西式服装。可话说回来，中国人这身材，天生就跟外国人不一样，人种不一样嘛，所以穿洋人的衣服不见得都能hold得住。

大概是在1920年前后，上海有几个女大学生，她们觉得中国人穿洋人的衣服实在是不得劲、不好看，就在满族旗袍的基础上，按西方的样式那么改了改，发明了现在的旗袍。最早穿旗袍实际上也没有特别严格的规矩，可以配布鞋、运动鞋，也可以配皮鞋，平底的高跟的都成。不过要是出席正式场合，那约定俗成的就是旗袍、丝袜配西式的高跟鞋。这个规矩，最早是上海人兴起来的。

1930年以后，上海女性这旗袍啊，那衩开得是越来越高，恨不得直接开到胳肢窝，高跟鞋的跟也跟着越来越高、越来越细。穿着这么身行头，再烫个当年最流行的波波头，站在话筒前头唱上两句"夜上海，夜上海，你是一个不夜城"，嚯，那可了不得！那感觉，要多上海有多上海，要多时髦有多时髦。

后来到我的父母年轻的时代，大概50年代末60年代初，北京的老派妇女们出席正式场合，还是讲究穿旗袍配高跟鞋。后来呢，这身打扮慢慢就不时兴了。不光不时兴了，大街上还专门有那小孩儿，中小学生，跟那儿盯着你，就看谁的鞋跟高。谁的鞋跟高，过去二话不说就给你扒下来，拿着斧子就把鞋跟给你剁了。您瞧，就那时代嘛。

高跟鞋回归中国人的生活，那还是在70年代末，那时候我就开始差不多记事儿了。当时，时髦的女的都讲究穿猫跟鞋。什么叫猫跟鞋呢？就是这种鞋的鞋跟儿，也就四五厘米高，又细又尖。这种鞋最早是美国人发明的，专门给刚开始穿高跟鞋的小女孩练脚用，据说奥黛丽·赫本最喜欢穿的就是这种鞋。猫跟鞋到底什么样，我也形容不清楚，您可以自己跟网上查查。

那时候中国也没有什么进口货，国产鞋里边质量最好、样式最漂亮的，就得说上海制造的鞋，像什么765皮鞋、远足牌、登云牌，当时最流行，大伙儿都愿要。北京当然也产皮鞋，但是北京的皮鞋厂出的皮鞋那就……怎么看也不如人上海出的好看。我记得那会儿甭管谁家有人去上海出差，家里大姑娘、小媳妇儿都得托他："您给我带双鞋、带点衣服回来。"上海出的，时髦，好看！

80年代末，就开始流行穿健美裤，跟现在打底裤那意思差不多，都是紧绷在身上的，藏肉，还能显线条。这种裤子黑色儿的居多，便宜的几块钱、十几块钱，真正好的得三十来块钱，相当于那时候普通人半个月工资啊！就这样，健美裤照样供不应求，下到十几岁的小姑娘，上到四五十岁的中年妇女，都抢着买。当时有这么句话嘛，"不管多大肚，都穿健美裤"，什么年龄都穿。

可能是因为那时候纺织工艺也没有现在这么好吧，衣物没法像现在做得那么贴身，所以当年的健美裤呢，裤脚都带两个袢儿。穿的时候，把这俩袢儿踩在脚底下，穿进鞋里，上头再把裤腰带这么一系，这不就显得紧绷了吗？

猫跟鞋到了80年代就不怎么流行了，当时爱美的女性穿高跟鞋，讲究跟儿越细越高越好，有个词儿叫"恨天高"嘛，就是那时候传下来的。黑的健美裤，配肉色的丝袜，穿上高跟鞋，上身再穿个宽松的红毛衣、蝙蝠衫，这就是那个年代年轻女性最潮的一身打扮。

高跟鞋在中国走过那么一段背字，好像也就是90年代末那么一小段时间。那时候呢，男青年流行穿牛皮军靴，女的时兴穿牛皮的松糕鞋。松糕鞋，好多人可能还有印象，那种鞋前头有个大圆头，鼓起来的，跟儿呢最起码得有一本新华字典那么厚，穿在脚上跟踩着俩牛蹄子似的。也不知道那会儿人心里都怎么想的，反正那种鞋当年非常流行。

松糕鞋流行了那么两年，最后，还是没干过传统的高跟鞋。这两天听娱乐新闻，好像说70年代的猫跟鞋又开始流行了，刘亦菲、刘涛这些女明星，上电视的时候穿的都是这种鞋。看电视的潮女们也有样学样，开始又重新抢这种鞋。这可能就应了那句话了：时尚就是一个轮回接着一个轮回。老物件轮着轮着，没准哪天就能轮回来。

所以呢，这两天我也准备囤点儿丝袜，再囤点儿紧身的大短裤，没准哪天就流行回来男的穿短裤、丝袜，配高跟鞋。我先囤点儿，指不定什么时候我就大街上穿着去。

军大衣

今天中午看到一篇报道,又勾起了我一点回忆。

也不是多久之前的回忆,就我们拍电影《老师好》的时候,那会儿正赶上深秋,天冷了,但我们拍的呢是夏天的戏。夏天的戏,您想啊,说话、对台词,嘴里哪有哈气的?但天儿冷,就出哈气了。怎么办呢?在这间歇的时候,我们就得吃冰棍儿,降低嘴里的温度。嚯,您想想,大冷天,再吃冰棍,真冷啊!我们一人披一件军大衣,在那儿吃冰棍。一根冰棍吃完,这就得赶紧拍,坚持不了几分钟就热了,这哈气就出来了。

所以得不停地吃,只要一喊停就接茬儿吃,旁边助理就赶紧拿军大衣给裹上。得亏了那军大衣了,搪风、抗寒,这么吃着冰棍拍了半宿,才把那点戏拍出来。

过冬神器

有人就说了,您怎么弄一军大衣啊?羽绒服多好,我看那边小鲜肉们,小男孩小女孩们在横店也拍戏,人都穿大长羽绒服,那才暖和!您怎么弄一军大衣?

这您就不懂了。别人我不管啊,反正我认为,他们穿那羽绒服,要么是为了好看,要么就是他们不知道。实际上真正暖和的就是军大衣。

他们可能是打小没穿过这军大衣,不知道。我知道,我小时候就穿军大衣长大的。包括后来,冬天出外演出。我们那时候也挺苦,自己带着行李,坐着卡车,进山演出去。坐在后槽帮里头,那得多冷啊!就靠一军大衣盯下来。军大衣也长,连上身带腿都护住了,那是真暖和!

去年春节不还有这么一个新闻嘛。京郊房山,有这么一位,年三十儿人家都聚会,他没有。突发奇想,爬山去了!爬的还是野山。也不知道怎么的,一下子没爬好,从山上骨碌下去了。好家伙,身上也刮伤了,手机也摔飞了。掉到山底下,上不来了。再想找手机求救,手机也丢啦,附近也没人(您想年三十儿,谁爬山呐!),就在那儿忍着。哎哟,这可了不得了,大冬天,三十儿啊。一连七天,才终于得救。

后来有人就分析,说这位幸亏身上穿了一军大衣,要没这军大衣,他这七天盯不下来。您就说说,这军大衣管多大用?

时尚潮头

我喜欢穿军大衣,也不光是为了暖和,我

对军大衣有情怀。我觉得我们这代人,甚至比我再早的那代人,对军大衣都有一种特殊的感情。当然了,现在军大衣慢慢淘汰了,没有什么人穿了,但我们还是喜欢。

那个年代的中国人,对军大衣好像都有一种特殊的爱好。而且,现在军大衣在咱们的时装潮流里边,虽说像淘汰了,但您看吧,但凡它出现一下,就能形成一个小小的爆点,说明人们心目当中对这东西还是有感情。

远的不说,2011年,山东济宁有一位叫朱之文的,在央视舞台上表演。他也是别出心裁,穿了一个军大衣。嚯,大家伙儿一下就对他印象很深刻,就记住他了,火了!还给他起了个外号叫"大衣哥",专门就点的这大衣。您说这印象多深?唤起大家记忆的,还是军大衣这个点。

2013年,在沈阳,刘德华出来走红毯。穿的什么呀?穿一羽绒服,按军大衣那款式设计的、绿色的羽绒服,让人一看就想起军大衣来了。大家一下子就特别热衷于这个事儿，都效仿。

2015年，《老炮儿》。片子结尾，六爷身穿将校呢的军大衣，拿着战刀跟人单挑儿，颐和园后湖冰面上，一冲，哎呀，看得我是热泪盈眶。反正这一下子，就唤起我的很多回忆来了，当年对军人、对社会上各个阶层都穿这军大衣，印象特别深。

我小时候，周边的那些老炮儿就是那样的！

我十几岁刚上曲艺团学员班那会儿，那时候就想，我要是有一将校呢的军大衣，那得多厉害！那时候老百姓管那叫军大氅，帅，好看！当时最好的打扮，就是穿一个快到膝盖的马靴，外边罩一军大氅。就想买那个。

买那个？不是花钱就能买的！那是军用装备，专门给军队定做的，不卖给老百姓。

我印象特别深，托人弄饯地到处打听。那时候在红庙有个三五〇一厂，专门给部队做衣服的厂子，到那儿才能买着。终于打听清楚了，想到那儿买去，家里人不让。一个是贵，那时候就一百多块钱、小二百块钱；再有，"你这么一小孩儿，十七八岁的，穿那个干吗？！"——那时候在大人的印象里，那确实是老炮儿才穿的，不说是流氓头子吧，反正穿成那样也不是很正经。不让买。

哎哟，后悔！难受！闹好几天别扭。

将校呢多帅啊！那时候是想都不敢想，最多就穿一个棉的军大衣，而且那是常年穿的，穿得身上油渍麻花，甭管到哪儿都穿。只要到了冬天，早早地就披上了，就这么喜欢。

咱刚才说一半儿。曲艺团下乡演出，我们坐着卡车的后槽帮进了山，就到了场院。那时候条件确实艰苦，"场院"，那是扬场晒麦子的地方，都是风口啊！一般是在两山之间设一个场院，常年的风口嘛，也只有那地方平整点儿，演出就在那儿。

也没有舞台。俩拖拉机，倒着开，让拖拉机那俩槽帮对上。对上了以后，把这边的槽帮撂下来，就是"舞台"。你要表演，就在这拖拉机斗上。

在风口里，在拖拉机上头站着，多冷啊！你再穿一大褂？那非冻死不可。怎么办呢？就找团里最大号的大褂，里边套上军大衣——您琢磨琢磨，这模样能好看得了吗？头发甭管吹成什么样、喷多少发胶都没用，往拖拉机上一站，当时头型就乱了。再有，大褂里边儿衬一军大衣，能把大褂托起来到耳朵这儿。那样儿，大了！

那也穿，暖和啊！下来以后把大褂一脱，就穿着军大衣，帅啊！

反正不知道那时候怎么想的，一直就是喜欢，对军大衣情有独钟，那真可以说是一种情怀。后来专门琢磨了琢磨——这军大衣你那么喜欢，知道打哪儿来的吗？

博柏利

世界上第一件军大衣是英国人设计的,谁啊?现在还是个名牌儿,特别有名,叫博柏利。

博柏利在1901年设计了世界上第一件军大衣。因为什么设计的呢?英国这地方多雨啊,阴天、下雨的时候多。

1856年,博柏利开了自己的服装店,就一直琢磨:我做一件什么衣服,才能有我自己的特色,才能把我这服装品牌撑起来呢?琢磨来琢磨去,他就觉得得做一个既适合日常穿,又轻便防雨的衣服,适合当地的人、当地的气候。

这么想来想去,有一天,他就看见当地的牧羊人了。牧羊人因为平常出来进去地工作,老穿自己做的一种长罩衣,这种长罩衣的面料是防雨的。出门、做工、放羊,下点雨也不怕;晴天呢,又能当普通衣服穿,比塑胶的雨衣轻便得多。

博柏利觉得这不错,就一直研究,找面料。

找了很长时间,终于发明出来一种面料,叫华达呢。现在您跟老人一说,都知道。那时候一说穿的服装是华达呢的,"哎哟,那可厉害!"这就是当时博柏利发明的。

用华达呢的面料,博柏利做出这么一种衣服来,一下子就火了。最后在1895年,英国军方给博柏利下了个订单,说我们要从你这儿订购军队穿的大衣。嚯,这下他可厉害了,为英军设计了一款防水大衣,这就是现在的博柏利风衣,特别有名。您看一些老电影,《魂断蓝桥》,里头的男主人公多帅!身上穿的就是博柏利风衣。太经典了。

就因为它太经典,后来所有国家给自己设计军服,都采的他这个样本,都效仿他。后来传到咱们国家是晚清,北洋新军那时候,从此咱们的军衣也是这意思了。一直到现在,世界各国设计的军衣,也没有跳出博柏利当年设计的这个基本款式。带着肩章,帅!流行!好看!

军装时尚

话又说回来了,军装是军装,真正把它穿出时尚来的,还是咱们中国。真的,就在我小时候,甚至比我小时候还早一些的那年代,穿军装真的是时尚!

首先是崇尚军人。那时候一说当兵,那是很光荣的事情。一人当兵,全家光荣嘛。另一个呢,那时候中国老百姓穿的衣服,既没有什么花样,也没有什么花色,一片灰蓝!除了灰的就是蓝的,除了制服就是罩衣。但那时候,您要是在一片老百姓当中穿出了星星点点的绿,嚯,厉害了。首先你颜色就跟大伙儿不一样,第二你身份跟大伙儿不一样,你是当兵的,这多光荣!又光荣又时尚,还跟大伙儿不一样,鹤立鸡群呐,所以那时候穿军衣真是一种时尚。

这是陆军的衣服,叫作国防绿。不光陆军的,海军的军装老百姓照样抢着穿。当然了,空军、海军那个外衣不太适合普通老百姓穿，一个是颜色比较跳，再一个呢款式比较大差离格。但是海军有一种衣服，那时候也是所有老百姓疯抢的，什么呀？海魂衫。我一说，老人儿就都知道，那时候穿海魂衫也是一种时尚。

但是那个时候呢，军装不对外出售，只有家里有当兵的，他才能从部队里拿出一件儿来给家里人穿。他也不能一身都给你，对吧？人这儿刚当上兵，才发了一身，把这一身都给你了，他穿着裤衩训练去？所以通常就是倒出这么一件来：得嘞，邻居大哥，或者本家大爷，给你一件海魂衫。当陆军的那家的小伙子也倒出一件来：得嘞，我这上衣穿旧了，我们又发新的了，把这给您（或者我穿旧的，您穿新的）。只有这样。

真正能穿一身儿，那可了不得。那时候基本没有人能穿一身。

不能穿一身，怎么办呢？底下就穿"察蓝"——警察穿的裤子，察蓝！

我们小时候有这么个说法：上身板儿绿，下身察蓝，里边穿一海魂衫，外头再套一个军装的板儿绿外套，风纪扣也不系上，甚至第一个扣得给它打开，亮着！——亮什么呀？里边那件海魂衫呀，得让各位都知道知道，我里边穿着海魂衫！——脚底下再蹬一双片儿蓝。

嚯，那可太时尚了。您再穿一个将校呢的大衣？那可是部队领导穿的，最起码师级以上，嚯！那可就……一个是说明你有路子，再得说你有关系，再得说明你有钱，会穿！

那时候，我就老爱看路边那些老炮儿：骑一辆不管是凤凰还是永久的自行车，底下穿一察蓝，身上海魂衫，外边套个板儿绿，外头弄个将校呢大衣；甭管秋天冬天，把车往旁边一支，往大梁上一坐，跟几个哥们儿一聊天。嚯，谁回头都得多看几眼，羡慕！

可那时候正牌的军装不好找。找不着，怎么办呀？就算家里没这关系，也得赶这时髦！就自个儿做，真跟我们那相声里说的似的，"买绿布，做军装！"那就各种手艺都有啦，什么款式都上啦，当然，跑不脱军装的款式，本身就是仿这个的嘛。但是布料啊、针脚啊，就都不一样了。而且这颜色吧，一锅跟一锅出来的也差着呢，就不知道差到哪儿去了，反正只要是绿的，就得做。赶上穿完了这一水儿，下水一洗，嚯，那就什么奶奶样都有了，穿出来跟抹布似的！

那也穿。就这么喜欢。

到80年代，军队的服装厂可以对外了，可以向老百姓出售军服。哎哟，一下子就流行起来了，所有人都去买去，可算过了这瘾，穿上正牌儿的了！"你看看我这个！"一撩开怀，胸前一个方的红章，"三五○一，某某号制服"，它的出厂标识，说明自己这个是正牌的，就跟现在"你看我这LV"一样，就这么显摆。

到了90年代，这就改革开放很多年啦，慢慢地,皮夹克啊羽绒服啊,各种款式,各种颜色,花里胡哨的衣服就都进来了。这些衣服一进来,军装审美就慢慢地淡化了,慢慢地淘汰了。

真淘汰了?没有,照样有它抢眼球的时候!就说去年吧,2019年,日本出了个品牌,被誉为具有东方神秘魅力的时尚服装。什么样啊?我还专门看了一眼,这么跟您说吧:穿上这身服装,您能直接演《亮剑》去,演李云龙,就那么像!您瞧,这时髦又流行回来了。

所以我觉着,流行这东西,可能多少年是个轮回。之前多少年,它是流行款;慢慢地,所谓被淘汰了;哎,甭管过了多少年,一个轮回过去,它又起来了。

所以您甭急,我觉得我穿回军大衣的日子,不远了。

烫头

我喜欢理发,就烦头发长。

这头发一长吧,头火也大,看着也不利落,也显脏。理得干干净净、利利落落的,多好啊。

但是呢,我这理发还麻烦。您像有的大老爷们儿,到了那儿二十分钟、半个小时,讲究的做做头型,不讲究的拿卡尺一卡,噌噌理完就完了。我这还不行,好容易抽出工夫去一趟吧,不单得理,这么长时间不去了,还得烫。这一烫,就奔着三四个小时去了。先是卷,再是冷烫精,还得在那个大罩子底下捂着,哎呀一弄这个,心急火燎的。

但是又没辙,这么多年了。郭老师说"抽烟喝酒烫头"嘛——我不是为坚持他这个啊,我不是为配合他这个!我烫头实在是有难言之隐。不然您说谁……一男的,尤其这岁数了,烫头?不得已而为之!

因为什么呢?因为岁数大了。

以前我这头发挺好,又黑又密,又粗又浓。年龄大了以后,慢慢地顶心这块儿有点稀,有点薄。而且可能随着年龄大了,慢慢地营养跟不上了以后,这块头发不仅稀,还变细变软了,它就老趴在顶心上,不好看。

有朋友跟我说,我给你出一主意吧。你啊,把头发烫一烫,不用大花大卷,稍微有那么一点花儿就可以,等于头发之间能起一个相互支撑的作用,这样呢稍微蓬松一点儿,平常也好打理。

其实我最烦的就是每天早上打理这头发。烫之前,每天得用半个多小时,先自己吹,吹完了还得摩丝啊发蜡啊,这个那个的弄一通,麻烦,还费时间。所以人一说这个呢，我就说，试试吧！哎，还挺好，确实是好打理，每天早上拿拢子一梳就行了。

但也不是一试就成功的啊。刚开始，烫出来以后没找着这个型儿，花儿也紧，弄得跟外国人似的。慢慢地找，烫几次，好了！觉得还不错，蓬松了，慢慢也有型了，也省事儿了。这就固定下来烫头的地方。

那阵子《老师好》路演的时候，还有人说呢："于老师，您什么时候上我们这儿烫头来？"我说不行，第一是没时间，第二呢，不知道我这头型什么样的，不知道程序怎么样的，烫出来不是我要的型儿——好容易演个戏让人观众记住了，最后一烫头，又不认识我了！所以说不行，我得有专门的地方烫头——不是多好，关键是人那理发师熟悉，知道用什么手法，知道你留什么型儿，熟了嘛。

这一烫，好家伙，坚持了也十来年了。对烫

头慢慢地从不接受到接受，接受了以后呢，因为老得烫啊，老得关注这个啊，还就琢磨了琢磨。

烫头，打哪儿来的呀？打哪儿兴起的呀？实际上，烫头是从埃及人那儿兴起的。

说起现代的时尚标准，人埃及那儿可谓是发源地。埃及人爱美啊，姑娘们呢，以前当然是没有烫头，也不知道怎么烫，但想象着要是自己弄一脑袋花儿、一脑袋卷儿，应该挺好看？她们就到河边，把那泥都搅和到头发里头，弄一脑袋泥。头发带着泥，再往树杈上卷，人坐在树杈底下，这么一待待半天，再把泥给洗掉。头发上泥掉了以后露出来，带卷儿，能坚持几天。这就好看啦，它就有变化啦，不像其他人那么直直溜溜的啦。这是烫头的前身。

后来传到罗马人那儿。罗马人心说费了这么大劲儿，头发还得抹泥，还得吊上，还得洗，洗完了这花儿还坚持不了多少天，能不能有更方便一点儿的主意啊?他们就看这头发,有时候啊拿火一烫,它起卷儿,心说着热是不是好一点呢?他们就拿筒子,甭管是竹筒子还是木筒子,把头发缠在筒子上。筒子里边插一个热的东西,烧红的铁啊什么的,插在里头,这筒子就热啦,带着头发也热了,坚持的时间就长了。

后来就觉得,嗯,比那吊树上的是好多了,但坚持得还是短!几天、一个礼拜的,花儿就没了,卷儿也直了。就慢慢琢磨。琢磨来琢磨去,在伦敦有这么一位,叫卡尔·内斯勒。这位,发明了烫头的机器。他呢,是为了自己女朋友,才潜心研究、发明了这个。他老觉得我这女朋友长得漂亮啊,不能跟别的女孩儿一样,我得给她装饰装饰,"现在都说这烫头的好?我得给她发明一个!"

嚯,我看见照片了。现在烫头这机器简便多了,小卷儿,对吧?人发明的那第一代的可不,好家伙,那个大!跟个章鱼似的,一人多高,上头伸下来好多爪子，这爪子就是烫头那卷儿。再通上电，发热，能到百十来度，也是得在底下坐好几个小时。但是呢，卷儿、花儿就能坚持很长时间。

就是太危险了，坐在底下！女朋友烫坏了没关系，后来真开了个理发店，拿人家顾客试。女孩儿，爱美之心嘛，真有那么大胆子敢坐底下试的。还没少烫人，好家伙，那顾客给烫得。但这卡尔·内斯勒不管投诉啊，不管这个那个的，还是坚持，"我必须要把这弄好！"嘿，皇天不负苦心人，经过一段时间试验，他还真就成了！到1909年，他拿到了烫头的专利。所以严格来说，等于到1909年卡尔·内斯勒这儿，才宣告了正经的第一代烫头的诞生。

这是外国。中国什么时候开始烫的呢？1925年，外国这烫头的技术传到中国了。首先传到哪儿呢？上海。上海那时候十里洋场嘛，纸醉金迷，人们的生活方式也都非常讲究，非常好。而且上海本身就有很多使馆，有洋人的专区。烫头的技术啊理念啊，就随着洋人进入了上海。

嚯，一下就风靡整个上海！那时候所有女孩、女人，都烫头。您回顾一下那些老电影，阔太太、阔小姐们，只要是有钱人，都烫头。没钱的不烫。不是不喜欢烫，是真贵，她花销不起。

当年咱们有一位大影星叫胡蝶。据说，胡蝶女士老上一个理发馆烫头去，那理发馆叫白玫瑰，到现在还有记载。她这一烫头，搭上好几个小时不说，六十大洋一次！好家伙，六十大洋！能买好些东西啦，穷人哪儿花得起啊。也就是大明星，挣得多，六十大洋到那儿烫一次头。

那时候所有的明星、阔太太，都烫头。甚至有的明星你要是不烫头，都接不着戏。可不是嘛，最流行、最时髦的这么个发型，您在戏里不带着，还得剧组花钱给你烫去？犯不上！只要不烫头的，都接不上戏。

哪怕是贵,您看那时候的电影、画报上边,女的都烫。我记得特别清楚,那时候有个特别经典的画报叫《良友》,画上一女的,摩登女郎啊,往那儿一站,穿一身旗袍,烫着头,留着典型的那时候留的头型。

所以说,烫头这东西,一到中国就先到上海,到40年代更风靡了,从上海传到全国各地。有钱的阔小姐、阔太太们都追这时髦,都烫。

到了五六十年代,不烫了。

那时候把烫头看成资产阶级作风。"哪儿啊你就?弄这一脑袋花儿、一脑袋卷儿,臭美啊?"这种美就不允许了。那时候的人不烫头,都留解放头,女孩儿就梳小辫。简简单单,朴朴素素,不要资产阶级的那一套。

那么,那时候有烫头的没有?有,电影里。谁啊?女特务。电影里的反面人物,女的,才烫头。那时候有部电影特别有名,叫《英雄虎胆》，电影拍得也好，但人们印象最深的是这么一女特务，叫阿兰。阿兰是反面人物，长得好看，她在电影里烫着头。

哎哟，那时候小伙子们就都风靡啊，喜欢阿兰，喜欢这个反面人物。当然了，白天都是："嘀，坏蛋！女特务，资产阶级做派！不行，不能跟她学。打倒，反对！"一到晚上，嚯，就找照片、找电影，专门看这段儿，就看这阿兰去！——本身她漂亮就是漂亮。

到70年代，慢慢地人们就对烫头又喜欢上了，又在中国悄然兴起。但那时候呢，关注是关注，也不是每个人都敢去烫的，也不是每个人都允许烫的。在大众的心目当中，烫头还是不正经，还有五六十年代的那个影子、那个观念在。"看着跟女特务似的！"最起码在人前、在人堆里边说话的时候，还得把这种姿态表现出来。喜欢归喜欢，还得压制自己这爱好。

但有那前卫的。那时候要烫个头，怎么烫

啊？也不敢明目张胆地烫。那时候有名的理发馆，比如说四联儿，您说我上四联儿烫个头去，不是每个人都敢奓着胆子进去："来，你给我烫个头！"不敢这样。首先舆论您就受不了。抛开舆论不说，在单位啊学校啊，在公众场合，人都另眼看待您。所以得找个什么名目。演员，又一次打了先锋。

那时候演员要出国，对外交流。来回来去地跑，中国的演员到国外，外国的演员到国内，就有这些交流活动。有这么个交流活动，"跟外国演员相处的时候，我们得跟外国的风俗这么贴近一点儿。"找这么一借口，然后单位给开介绍信——介绍信，现在都很少了吧？要有也都是电子的，那时候都是手写，然后单位盖章："兹什么什么，我们团谁谁谁，到国外演出，申请烫头。"哈哈，就这事儿也得申请，也得介绍信！把介绍信拿到理发馆，理发馆才给烫。

有了这么个借口，演员心里也就踏实了：

"好看的脑袋在我身上顶着呢,至于原因?我这儿有!我们团里工作需要!"那时候是这样。

到80年代,改革开放了,所有时尚的、流行的东西就开始进入国内,再加上国人又压抑了这么长时间,对美的这种追求一下子就爆发出来了。那时候理念也变了,人们也不再怕说三道四,"这种时髦我们早就应该有,好看就是好看,漂亮就是漂亮!"各种个性都发挥出来了。

您看那时候,牛仔裤、蛤蟆镜、高跟鞋、单卡的双卡的录音机,同时,烫头也一下就流行起来。那时候头型多!什么爆炸头啊、飞机头啊、火车的前冲式啊。我经历过那段儿,但是我没留过那种头型。本身我也不是烫头的年纪,小孩儿嘛,但是我周边的哥哥、叔叔们,有那追时髦的,烫各种各样的头型。

最典型的,1987年春晚,费翔唱《冬天里的一把火》《故乡的云》。那场春节晚会费翔的那个头型,就是那时候最流行的这么一款。尤其是春晚费翔这两首歌唱火了以后,大街小巷的男士们都去烫那个头,好看!流行!这是80年代,一下就发起来了。

一直到现在。现在呢,我觉得就不像80年代那么刻意地张扬个性了,大家对烫头的这种美,认知得更清楚一点了,不是刻意地展示个性、展示自我,非要那么突出、那么鲜明,不是了。真正是根据自己的气质、相貌,烫一个什么样的我才好看,真正往美上走了。

所以说,烫头并不是女士的专利。

您说我自个儿给自个儿找辙呢?不是,真不是。反正我赶上的那年代,尤其80年代,大部分实际上是男的烫。烫了才更个性,更刺激,更独到。

不管怎么着,现在男的烫头确实是少了。少了是少了,我也得接着烫。不单得接着烫,而且慢慢地,烫的卷儿还得再密一点儿——头发越来越稀嘛！多咱头发和头发之间起不到互相支撑的作用了，我也就不烫了。到那时候，我可能就留个秃瓢，把头发剃光咯。

我倒觉得，男的留个光头挺好的，又利落又精神，又简单又省事儿，是吧？郭老师台上老说，到我们一百四十岁的时候，上来一个桃心儿、一个白毛卷儿，看着跟喜羊羊似的——您就别等那个场景了。那场景，未见得能等得到，差不多的时候，我就光头了！

所以，趁着现在黑毛羊的时候，您多看几眼，没事儿就到剧场去支持支持我们，看看现在的状态吧。

*BP*机

"3155530都是都是我想你,520是我爱你,000是要kissing,3155530都是都是我想你,520是我爱你,000是要kissing……"

这首老歌叫《数字恋爱》,乍一听像是重度网瘾患者唱的,这才把歌唱出了上网聊天的感觉。其实不是,范晓萱当年唱这歌的时候根本就没有网呢,人家说的是数字暗语。数字暗语?是接头暗号吗?不是。

二十年前吧——这一说就好些人都没赶上过,没关系,我赶上了——数字暗语跟网络无关,它来源于那时候的一种通信工具——BP机。

我一提这个,年轻人都不知道了,早都连BP机的寻呼台都取消了。北方管这种小机器叫呼机、BP机;南方那边不这么叫,跟港台学,叫call机。

那时候风靡过一段儿。年轻人、赶时髦的、做生意的,都得用这么一个。因为BP机来之前,那时候沟通确实是不方便。

那时候我们家住胡同,大杂院儿。胡同头上,东口西口,各一部公用电话。好家伙,真要是有人找您,那还不如上家里来一趟呢!

有急事儿,怎么办?打电话。您告诉人家:我们这儿的公用电话,这头这部什么号,那头那部什么号,您就打这号,然后让人家传电话。——那时候还专门有传电话的,挺累!整个这一片,电话打给哪家的,他都得给人传。当然了,一般打电话您都得有点重要的事,没重要的事也犯不上。

一打电话:"我找哪胡同哪号的于谦。受

累,您给传一下,我有急事儿!"

时间短的,打电话的这位,就拿着电话在那头等着。传电话这位,就开始一溜小跑奔我们家,把我叫出来,我再跟着他一溜小跑,来到电话这儿,拿起电话来跟人说事儿。时间长的呢,打电话这位就说:"我这儿什么什么号,您让他给我打回来吧!"挂了电话,他再去给我传电话,回头我上这儿拿到号,给人拨。

嚯,费了劲了!没有个急事儿,真不打电话。

到BP机出来了以后,方便点儿了。BP机个头儿不大,赶上过的朋友都知道,基本上比烟盒还小一半,拿过来挂在腰上,嘀,这就方便啦。

谁发明的呢?美国人发明的,外号叫电蛐蛐儿。怎么呢?铃声特别单调,响起来就"哔哔哔,哔哔哔",所以叫BP机、电蛐蛐儿,因为叫声跟蛐蛐儿差不多。

BP机这东西是1949年美国一个叫阿尔·格罗斯的人发明的,60年代在贝尔实验室的推动下在美国普及开了。这种机器呢,实际上跟后来咱们用的也不太一样,它就是一个呼叫器。谁给您打电话它就"哔哔哔"一响,给您提示一下,您再给人回过去,实际上就这么点事儿。

那时候,外国的有关单位,比如消防员、军人、警察、医生,政府部门都给这些行业的人专门配备BP机,因为联系方便。您想消防员要是联系不方便,那得耽误多大事儿,对吧?警察、医生、军人,都是这种情况。所以政府给配备,方便你随叫随到。

这是在原产地美国。中国是什么时候呢?中国最早是港澳台地区,那些地区比较发达,跟国外接触得也多,所以BP机最早到的是港澳台地区。

内地呢,咱们是从香港引过来的。1983年,上海率先从香港引进了全套设备。上海引进的这代BP机,属于西方的早期产品,说白了就是个呼叫器,没法儿传达任何信息,只能告诉您说有人打电话找您,被呼叫的人必须找电话给寻呼台打回去，才能知道具体是谁找自己，电话号码是多少，留了什么言。一直到1984年，广州开通了第一家数字寻呼台，这就是咱们现在印象中最早的那代BP机了，也就是俗称的数字机。

那时候办这么一个，可厉害！买BP机先得配套个持机证，相当于现在手机的入网证，它让您入网了，就证明您这机器不是仿造的，不是水货，是由正规渠道进来的。有朋友问了，数字寻呼台？我就光看数字？对，就光看数字。BP机还给配套一个密码本，这就是开头咱们提到的数字暗语了。一堆数字，代表一个中文的词组或者短句。5201314嘛，现在人还在用呐，一到每年5月20日或者情人节，人们就发这个，这都是BP机年代传下来的。所以年轻人甭嘚瑟，回家问你爸妈去，都是他们玩儿剩下的！

那时候您买这么一个，就已经很先进啦。您甭看老得翻这密码本，密码本还很厚，您随手就得带着，有时候不打电话，也不用您回电话，就用一组数字告诉您——BP机显出一堆数字来,然后您赶紧翻密码本查,这段数字代表什么,那段数字代表什么,一拼,"噢,这人跟我说的是这么句话!行了,我知道了。"好家伙,真费劲!

后来就出了汉显。嚯,汉显就行啦!类似咱们现在的手机短信了,那就能写字,今天晚上约您在哪哪哪吃饭,这都没问题,直接能看了。这是1991年,出了汉显。

好家伙,从数字机换成汉显机,这都是那时候年轻人流行趋势的一种代表。嚯,可不便宜!您想那时候数字机卖九百多块钱一个。汉显更甭说啦,刚出来的时候我买了一个,两千八百多块钱,小三千块钱!您说不贵?是,搁现在三千块钱不贵,那个年代——咱这么说吧,马路上买个煎饼,还是一块钱一个呐!一个数字机能买九百多个煎饼,还不贵?

您别看这么贵,电信大楼卖这机器,排大长队,还买不上!就说这汉显的,卖三千,好家伙，发售的时候昼夜跟那儿排着队，买不上的都蹲在旁边哭，这三千块钱也不是那么容易花出去的，干着急！而且那时候掏三千买了个汉显，每年还得交六百块钱服务费。

那也有人买！怎么呢？带这个，是身份、地位的象征。腰里别着这个，人一看：哟嗬，这位要不就是做生意的，因为做生意的人家往来信息比较方便，不耽误事儿，买这么一个值当；要不就是有钱人，富裕，时髦！大家都用羡慕的眼光看着这位。

那时候有这么句话嘛，哥们儿聊天喝酒，临到分手的时候："哎，没事儿呼我啊！"没事儿呼你？对！有事儿就更甭说啦，"没事儿呼我，呼着玩儿！"

那时候，尤其是冬天，您别在腰里头，别人也看不见啊，那些好显摆的小年轻就得呼！谁呼啊？告诉朋友："都呼我！"哪怕临出门的时候，专门打电话通知："哎，一会儿我出去吃饭去,没事儿多呼我几个啊!"一呼,哔哔哔一响,他从腰里拿出来。嗬,有事没事当个显摆!所以当时落下这么一句话:没事儿呼我!

这真事儿,不开玩笑。越是聚会,越得响!

说实话,BP机的出现,确实改变了中国人的一些习惯,什么呢?过年。

您往前想啊,没有这些东西的时候,咱过年大包小包提着、挨家挨户地拜年,对吧?顶大了,到胡同口公用电话那儿打个电话,甭管是三叔、四爷:"哎哟,过年好!家里都好吗?张三好?赵四好?王五好?老太太好?……给我替他们都拜年啊!"哎哟这一长串儿,少说得十分钟,寒暄寒暄,说点拜年的话,这才能过去。

有了这个,方便多啦!甭管是数字的还是汉显的,你一发:"新年快乐!于谦给您拜年!"完啦。人那边回也好,不回也好,我把这拜年的心意就表达到了,多省事儿啊。所以一下子,打电话拜年的就少了,都是这种短信拜年,风靡一时。一直到现在,咱们过年该打电话的打电话,平常的朋友、过过交情的,一个短信把我心意带到,就行了。

很多人的习惯,就这么改变过来了。那时候不是闹过这么个笑话吗,也是当时的一则新闻。说是在新疆有这么一位,想发"新年快乐,身体健康"八个字,多好啊。发完,总台这位寻呼小姐给人打错了:"新年快乐,尸体健康!"好了,这下子——本来平时哥们儿之间开玩笑也常说,您看我们台上还说呢:"您保重尸体!"哈哈一乐就过去了——那时候不行啊,年三十儿,谁听见这么一句心里不别扭?再加上那位较点真儿,"不行!"没完没了,要求赔偿精神损失费!说来说去,给了三千块钱损失费,把事儿平了。这是那时候寻呼小姐出错闹的笑话。

咱顺着再说寻呼小姐。寻呼小姐,那时候也是随着BP机的兴起,甭管数字的还是汉显的,出来的一种新型工种。传呼台它得有接线的啊,得有给您传话、编数码儿的啊,那时候统称寻呼小姐。这么一批小姑娘,需要考试,持证上岗。这是当时特别时髦的一个工作。

您想啊,都是小姑娘。那时候普遍的工资也低,普普通通一个工人,一个月挣三四百块钱。那时候寻呼小姐就挣七八百,工资比普通工人翻上一倍去!有那再高的,挣个一两千也不是什么新鲜事。挣得多,所以条件高。小姑娘声音得甜美,有耐心,会说话,会聊天,要求挺高。当然了,可能对相貌的要求就不是很高,它不像空姐儿似的,面对面给人服务嘛,它只通过声音。但是咱现在想,太差的估计也不成。

当时我那些哥们儿、朋友、小年轻,专爱给人家服务台打电话,跟小姑娘聊天。没什么正事儿,就为跟人搭搭话、闲聊。嘿,身边还有几个朋友真聊成的,结婚了。总之那时候,当寻呼小姐是个挺时髦的事儿。

寻呼机一直到2000年左右，慢慢地随着手机的进入，没落了。那时候做生意的、有钱的，身上都挂俩：一个BP机，一个手机。

手机刚进来的时候也很贵，那时候叫"模拟的""砖头"，方块儿的嘛，打个电话还双向收费。人那儿打电话收费，您这儿也收费；您再给人回过去，您这儿也收费，人那儿也收费。电话费贵，平常也不舍得打，所以挂一手机、挂一BP机。

嗨，老式的那模拟电话还弄一手包儿。这手包里搁不下什么，专门给手机设计的。这头有个眼儿，手机搁在手包里，天线能从这眼儿里穿出来——手包它小啊，手机个儿大，天线支棱着搁不下，怎么办呢？它就从这眼儿里支棱出来。嚯，风靡一时，都拿这个充面子。

八九十年代那会儿，一说"做生意的"，那就挣大钱啦，万元户啦！先富起来的嘛。四个人坐这儿吃饭，台上戳着五个手机，也不知道多出来那个是谁的！都跟那儿显摆着。没事也不打，等呼机响了才打手机。

到2000年左右，慢慢地电话费也便宜了，也不双向收费了，手机的款式也改小了，慢慢地打电话的人多了，呼机就没落了。

一直到2007年3月，电信部门出了一个专门的文儿，说全国的呼台正式停业：不服务了，没有了。

但在2007年正式停业之前很多年，实际上就没有人用BP机了。但那时候有新闻说，2003年，新疆阿拉善地区有这么一位。这位也做点小生意，干吗呢？卖桶装水，来回来去倒腾。反正据记载，当年最后一个用BP机的就是他。没人用了，就他还在用着。他就是用得顺手：你呼我，我给你送水就完了嘛！便于他做生意，所以一直不停。

他一直不停，到最后呼台都要撤了，人就找他去：你来吧，要不我们这儿还得大宗的人给你服务着。

人就不撤：我交钱了，而且我签的协议没到时间呢，我就得用！对吗？

人家就跟他聊：我呀送您一个手机，还送您几年话费，您把这停了，行吗？

不行！这位也挺哏儿：我就觉着这个好，我用手机没意思！我用这方便我做生意！

那也没辙。就专门为他保留了一个寻呼小姐、一个呼叫台。——哎哟，就算剩一个人儿，你也得给人家用啊，签合同了吗不是。

BP机是一个界线，打这儿起，人们沟通的方式改变了。现在咱们的通信更发达了，手机随便打，您在哪儿，随时能够找到您，这就都方便了。但是呢，BP机那个年代，给我这个年龄的人留下了很深刻的印象。一直到现在，我家里一翻抽屉，还能找着俩BP机！特意没扔，留个念想，想想当年的过往。

谈恋爱

子曾经曰过,"食色性也。"不管时代变迁到什么程度,大伙儿肯定都得吃饭,这跑不了。吃饱了呢?吃饱了您就得谈恋爱、搞对象。不同的年代,在搞对象方面有不一样的标准。吃的咱们聊得差不多了,今天,专门聊一聊80年代谈恋爱、搞对象的事儿。

老实人

您知道"谈恋爱"这说法,是从什么时候开始有的吗?其实就是从80年代开始的。咱中国人跟洋人不一样,洋人可以把"爱"这个字儿挂在嘴边,每天说它三五十遍都不嫌烦。中国人不成,中国人含蓄,老说这个觉得牙碜。好多人到现在也还是这毛病,不太说这个字儿,甭管心里有多爱,嘴上不能老带着。

80年代以前,中国人没有谈恋爱这说法,男女交往一般都叫搞对象、处朋友。而且80年代以前,姑娘找对象还有个顺口溜:一工,二干,三军人。工人、干部、军人,谈恋爱那是不发愁的,准有!

到80年代以后,尤其到了90年代,全民下海,大伙儿觉得干什么都不如自己做生意、当老板,那能挣大钱,所以万元户就成了那个时代公认的白马王子。

谈恋爱、搞对象有标准,而且这标准每个时代都在变,可也有一条,它从来没变过,什么呢?就是人得老实本分。男的要求女的得老实,女的要求男的那更得老实。六七十年代,男青年择偶、搞对象的标准是两个人年龄相仿,女方身体健康,容貌好,性格好,能持家,上过学,也就是还有点儿文化。

女青年找对象呢,当然了,也得要求年龄相当,再就是还得要求男方有正式工作。收入低点、文化低点、长相差点,都没关系,关键是人得老实本分,能踏踏实实过日子。

我父母那代人年轻的时候,老实本分的男人,哪怕条件稍微差点儿,也不愁找对象。不能油头滑脑的,得老实。

三转儿一响

当然了,谈恋爱要光剩个老实,别的什么都不趁了,那也够呛。结婚过日子,甭管哪个国家、什么年代,起码也得有一点物质基础。就拿《泰坦尼克号》来说吧,俩人跟船上腻腻歪歪,大伙儿都觉得挺好,这是真感情、真爱!嚯,看电影的时候大伙都跟着一块儿感动。但您想过没想过，导演最后为什么就非得让死在海里一个呢？都活着上岸，成不成？真不成。这俩人要是都活着上了岸、结了婚，那这日子过不下去！所以必须死一个、活一个，这戏才成经典了。

谈恋爱，搞对象，适当地讲点儿物质条件，我觉得这事也没有大毛病。80年代以前，青年男女婚恋的标配叫"三转儿一响"。什么叫三转儿一响呢？咱前头说过，三转儿指的是自行车、缝纫机和手表，这叫三转儿，是女青年同意确定恋爱关系的最起码条件。

话说回来，两口子过日子，也不能光骑自行车、踩缝纫机、看手表，是不是？您也得最起码有点精神方面的，所谓文娱活动嘛，所以说三转儿有了，最好还能来个一响，就是收音机。平时能听听新闻，听听相声、评书，听听歌什么的。后来随着时代的发展，收音机不时兴了，换什么呢？收录机、组合音响，反正都是带响的东西。

70年代末80年代初，光这三转儿一响，就有点不太给劲了，在这个基础上还得来个三大件儿：电视机、洗衣机、电冰箱。当时有这么个说法，叫高价姑娘，用现在的话来讲就是拜金女，追求物质，要求提得比较过分。当年，高价姑娘挑男朋友有个顺口溜：一套家具，二老归西，三转一响，四季笔挺，五官端正，六亲不认，七十块钱，八面玲珑，九（酒）烟不进，十全十美。

你瞧，这顺口溜的意思，大伙儿差不多都能理解，但唯独一句话，好像得多说两句，就是这七十块钱。70年代末，普通工人每个月最多最多，工资也就三十来块钱，到不了四十。那时候，您要是这一月工资拿七十块钱，那就相当于现在的月薪过万啊。每个月七十块钱工资，在那时候是一个相当高的标准了，差不多得是大学教授的水平。

1981年，上海灯泡三厂，有十四位青年女工专门弄了个公开信，倡议广大女青年：咱们不要太物质,找男朋友还是得看人品,看看有没有上进心。人品端正最重要,物质条件差点,成家以后两个人可以共同努力、共同创造。这件事当时在社会上引起了相当强烈的反响,广大女青年纷纷响应,《人民日报》还专门发表了一篇文章《上海的十位丈母娘》,鼓励移风易俗,少收彩礼。

真就是"谈"恋爱

几十年以后再回忆那段日子,真跟做梦一样。现在的小青年可能觉得,当年上海这十四位青年女工挺虚的,是吧?有点空手道的意思。怎么说呢,您要是这么想,您还真是不了解那个年代。

现在的男女青年谈恋爱,讲究看看电影啊,吃吃饭啊,出去旅旅游什么的,再不就是俩人见了面谁也不理谁,各自抱着手机自个儿玩,那是单一路。80年代可不一样,80年代流行的不是这个。谈恋爱,谈恋爱,那真得谈啊!谈什么?什么都谈！谈人生，谈理想，什么都聊。

那会儿谈恋爱，最扎堆的地方就是公园。夏天晚上，吃完饭，俩人约好了公园里边一溜达，溜达累了，找那僻静地方，找张长椅一坐，就开始聊。先说地后说天，说完大海说旗杆，好家伙，有句话怎么说来着？男女搭配，干活不累啊。您想，干活都不累，那聊天就更没有累的时候了。不到天黑，不到公园关门绝不回家，且聊呐！

有朋友问了，嗯？光聊？聊着聊着……是不是还得有点其他的什么亲密行为啊？我还跟您说，真没有！所谓的亲密行为，最多可能也就是偷偷地拉个手。就是拉着手，见了熟人那还得赶紧松开，要不让人笑话您。那时候公园专门有这戴红箍的，巡逻，打着手电到处溜达，您这儿有点亲密行为？逮着了就算流氓，弄不好还扭送派出所，真事儿！如果您真想有点亲密行为，也得找那没人的地方，找那人绝对看不见的地方，比如钻小树林。要不当时有这么首歌嘛，张学友唱的:"我和你吻别,在无人的街。"无人的街,有人的不成!

1980年有个电影《庐山恋》,男女主角跟里边有那么几秒钟的吻戏,现在看根本不算什么,那时候可了不得了!那戏一拍出来,好家伙,开天辟地!那时候多少人就为了看这几秒钟,反复买票,进去看去!买一张,看完出来,再买一张,再进去看,而且就看那接吻的桥段,看完就走,别的不看!您瞧这个,少见嘛,所以说少见才多怪呢。

不读萨特,怎么谈恋爱

有朋友又问了,这俩人就坐在那,也没有什么别的事就干聊,有劲吗?都聊什么呀?我还跟您说,就那时候啊,干聊有劲,特别有劲!

但您说具体聊什么?我也没有偷听过,各人都有各人的喜好,不好跟您瞎说。不过,多数人肯定得聊聊自己最近都读什么书啊,所谓聊聊文学,聊聊哲学嘛。真聊这个!

眼下喜欢读书的人可能越来越少了,再加上网购方便,网上东西也多,信息量也大,好多书店眼瞧着就关门歇业了。80年代不一样,当时有个说法,叫读书热、文学热、哲学热。但凡新书出版,尤其是小说,您看吧,书店门口恨不得从头天夜里就排队,等着买这书。您要是实在买不着,怎么办呢?跟别人借。借来以后还得赶紧读,不能耽误,麻利儿看!您看完了别人还等着借呐。就这么火。

那时候大伙儿读书有两个路数。一个路数是读外国的文学名著什么的,《基督山伯爵》《悲惨世界》《红与黑》《简·爱》《飘》,都抢着看。再一个路数呢,是读哲学,所以刚说的哲学热不是瞎说,那时候都风靡这哲学。不光大学生、教授读,普通人也读。当年有个说法叫"玩深沉",玩的就是哲学。连中学生的书包里都讲究放一本萨特的《存在与虚无》，要没有这么本书压阵，出门都不好意思跟别人打招呼。

　　萨特谁啊？是一法国人，弄出一存在主义来。80年代反正除了弗洛伊德，我觉得就数萨特这哥们儿最火。有朋友就问了，萨特写的东西，你们当初真能看得懂吗？凭良心说，看不懂。看不懂你还看？当然啦，看不懂才看呐，看得懂有什么可看的呀！看不懂，愣看也得看，因为这是流行趋势！就跟现在好多人花大价钱买那话剧、交响乐的票一样，您说他真愿意看吗？不一定，人要的就是那劲儿！

　　1989年，冯小刚导演拍了个电影《顽主》，讲的都是80年代流行的事。您有空可以看看，里头有这么个桥段，就是一长头发、戴眼镜的知识分子，办萨特的讲座，嘴里还嚷嚷着"虚无！这就是萨特说的虚无"。还有葛优老师演的陈重，就因为会讲哲学，会玩深沉，直接把人家的女朋友给戗了行了，都是那时候的真实写照。

80年代真就这样，您不读书，谈恋爱都困难。尤其是这广大的未婚男青年，那更得读了。不读书，回头横不能人家姑娘跟您聊萨特，您拿卤煮火烧跟人家对付，那就没有共同语言了嘛。

现在男青年征婚，说的都是有车、有房、有存款，还有稳定工作。80年代没有什么《非诚勿扰》这类电视节目，上网那更没有了。那时候最时髦、最前卫的谈恋爱方式，就是跟报纸、电台、电视上发个征婚启事。征婚启事怎么说呀？男青年一般得说说自己在哪工作，每月挣多少钱，身高多少——那会儿不像现在，特别高的人少，一米七五就算大高个了——最后肯定还得找补一句：喜欢读书，热爱文学。嚯，您别瞧最后找补这八个字啊，"喜爱读书，热爱文学"，就凭这八个字，收到女青年的回信就得论麻袋装，就那么热门！喜欢有文化的青年！话说回来，真有这水平的小伙子，女朋友得排着队追，那也不用征婚了。这就是那个时代的风气。

情书

喜欢读书,热爱文学,最直接的体现在哪儿呢?就是您这情书,写得好不好。现在谈恋爱都用手机聊天了,聊会儿天,发会儿语音,捎带着来几个视频。那会儿不一样,情书写得好,这算本事。真有人一封情书写出来,来回润色、来回改,改上俩仨月才敢往外寄,等情书寄出去没准人女方都结婚了。玩笑归玩笑啊,反正情书得来回润色,且不寄呢!

情书寄出去以后,就等消息呗。那等得……真叫五脊六兽的,心里头跟长草似的:到底女方什么反应啊?哎哟,这不成了……直到得着对方的准信了,甭管好消息坏消息,甭管这事成与不成,女方接受没接受,这都不碍事了,只要等到对方的消息,这才算一块石头落地。当年不有首歌嘛,邓丽君唱的,就叫《一封情书》:"你的一封情书,叫我看了脸红心儿跳;你的坦白热情,叫我不知应该怎么好;你的柔情蜜语,好像天韵在我耳畔绕……"

当然了,现在的孩子可能对这些东西都淡了,表达方式也不一样了。咱们呢就是聊聊当年,回忆回忆过去,让您知道知道当年的男女青年谈恋爱,到底是个什么心态。

我的大学

结婚

老北京民间有句谚语:腊八腊八日子好,多少大姑改大嫂。意思就是说,从进了腊月,到年三十儿以前,这段时间是结婚的好日子,相当于现在说的金九银十,各家各户扎堆结婚、办喜事。所以过去还有个说法,形容好事成双、双喜临门,怎么说的呢?又娶媳妇又过年!

腊月结婚

传统上来说,中国人结婚最理想的时间段就是腊月。为什么非放在腊月呢?因为古代中国是个农业社会，以农为本，种地的人占多数。春夏秋三季，正是农忙的时候，地里的活儿特别多，谁也顾不上结婚。

非得等到入冬以后，地里的庄稼都收回来了，越冬的小麦也种下去了，彻底跟家歇了，农民管这叫猫冬儿，这才腾出手来，操办结婚的事。过去的城里人哪怕说压根儿不种地，差不多也都是按这个规矩来，腊月结婚。为什么呢？

这里边的道理，我一说您就明白。直到80年代以前，中国老百姓，家家户户，多数都没有电冰箱。结婚这种事呢，对新郎新娘小两口儿来说，那是一辈子的大事儿，那甭说了，可是对咱们这帮看热闹的人来说，最主要的活动项目就是等着结婚当天吃席，暴撮一顿。

结婚吃席，那了不得，动不动就是上百人一起暴撮。那些菜，您要是当天现做，根本来不及，都得提前预备。现在结婚，在酒店办酒席也是这样，好多菜都是提前两三天就预备出来，等到正日子，稍微回回锅儿、加加热，立马就能上桌。

以前的老百姓家里没有电冰箱，您要是三伏天儿结婚，提前两三天把菜预备好了存着，结婚当天吃？好家伙，非吃出人命来不可。所以过去就算是城里人，不种地，也都是按农村的规矩来，腊月结婚。天儿冷啊！

筒子楼

三十多年以前，也就是比我大一二十岁的那拨人，他们要结婚，跟现在最不一样的地方，好像就是没有婚房这么个概念。

眼下青年男女谈恋爱，女青年同意确定关系的前提条件，可能都得是男方得有房、有车、有存款。过去男女搞对象结婚，除了看人品，再就是看有没有正式工作。那时候只要有工作、有单位，好多问题，单位其实都能给解决。存款就不用说了。房子呢，《老师好》里边不就有这个桥段吗？苗老师打从结婚，住的就是单位临时给解决的筒子楼，后来孩子都挺老大了，还这么凑合着。听说单位马上要分房，媳妇就撺掇："你赶紧找找校长去，跟校长闹一闹，看能不能给解决一下，换套大点的房子。"知识分子脸皮薄，还有点抹不开的意思，没想到走到校长办公室门口，里边有个女老师正闹着呢，也是为了分房的事儿！

筒子楼，好多七八十年代结婚的朋友，刚成家的时候，住的可能都是这种房，不少80后、90后的童年也都是在筒子楼里度过的。筒子楼为什么叫筒子楼呢？现在大学的宿舍楼，还都是这种结构，每层就一条走廊，直来直去，中间不拐弯。走廊两边全是小单间，再就是公用的水房和厕所，没别的东西。看起来就跟一条直胡同一样，所以叫筒子楼。

筒子楼从根儿上说，是50年代苏联援建的单位宿舍楼，当时的说法叫赫鲁晓夫楼。那时候盖这种楼纯粹就是为了过渡一下,专门给刚分到单位的年轻单身汉住。

刚上班的单身汉,您想啊,平常吃的是单位的食堂,自己也不起伙,夜里有个睡觉的地方就成,临时住筒子楼宿舍正合适,结婚以后呢,可以往大一点的房子搬。没想到后来大房子因为各种原因没盖起来,好多像苗老师那样的人,跟筒子楼里边一过渡,就过渡了多半辈子。

单身汉住筒子楼,可不能单人单间儿,多数都是三四个人、两三个人住一个屋,十多平米不到二十平米那样。我记得80年代,好多单位隔三差五就得贴告示,什么内容呢?大概意思就是说,咱们单位,谁谁谁跟谁谁谁,已经领证儿了,马上就要结婚了。还没结婚的同志们,你们能不能发扬发扬风格呀?大伙儿重新排列组合一下,给这俩人腾间房,让他们凑合着好歹先把婚结了啊。就这么个意思。

筒子楼的设计理念其实就是单身公寓,人家

没考虑过开伙做饭的问题。后来大伙重新这么一排列组合,结婚过日子了,不可能说俩人每天还端着饭盒吃食堂去,那必须得有地方自己做饭。筒子楼里边原先没有厨房,只能临时改造。要么是每家每户门口自己弄个煤球炉子、煤气灶,要么就是公共水房里添几套煤气灶,弄成一个公共厨房。

您看十多年前特别火的电视剧《金婚》,佟志和文丽结婚以后,那不就是住筒子楼吗,每天在公共厨房做饭。筒子楼里边有的公共厨房,跟以前的公共厕所意思差不多,也算是过去老百姓特别重要的这么一个社交场所,那里边的人际关系,嚄,挺微妙!

就拿做饭来说吧,过去能住在一个筒子楼里的人,多数都是一个单位的同事,每天低头不见抬头见,上班下班的时间差不多,做饭吃饭的时间呢,也差不多。大伙儿挤在一个厨房里头做饭,回头您这儿红烧肉、糖醋鱼、炸排骨,老白干儿您再烫一壶；那边家呢，炖豆腐、熬豆腐、小葱拌豆腐，外带一大盘子豆腐渣。您自己琢磨琢磨，掉在豆腐阵里的这家人，看见您这大鱼大肉，他心里能淡定得了吗？

心里不淡定，怎么办呢？有志气的，我豁出去了，我砸锅卖铁、勒紧裤腰带，明儿我也弄几个好菜，故意让大伙儿看看，咱们不蒸馒头争口气！要是赶上阴损坏的人呢，那就得给有关部门写个匿名信，举报你小子经济有问题！"我们见天儿吃这个，要是说这家他没有经济问题谁信呐？先查查再说！"花八分钱，买张邮票，往信封上一贴，就得让你恶心半年。

再赶上那个别鸡贼的邻居，今儿，从张三他们家灶台上顺两瓣儿蒜；明儿，去李四他们家水龙头那儿接一壶水；后儿个，王五他们家蒸包子，猪肉大葱馅儿的，一咬满嘴流油那种，热气腾腾刚出锅，本家儿正打算往自己屋里端呢，这鸡贼邻居没脸没皮，二话不说，直接上手，捏俩就塞嘴里了。这也不乏其人!

老这么着,一天两天的不显,十天半个月您看着吧,非打起来不可。现实生活里边,碰上身边的人打架,劝架的一般都得说:"得啦得啦,鸡毛蒜皮的事儿,至于吗?全瞧我啦。"

这句话,您听着挺有道理,可老百姓过日子,您说每天除了鸡毛蒜皮还能有多大事儿啊?多会儿您见过,胡同里俩老太太因为造原子弹的事儿跟那骂街?那准是吃错药了。不可能!

俗话说,林子大了,什么鸟都有。筒子楼里的邻居也是五行八作,一人一个脾气,不都是鸡贼、阴损坏。赶上有那实诚人,今儿我们家炖鱼,给你端一碗,明儿我们家包饺子,给你端一盘。谁家要是赶上点大事小情的,周围的邻居也都帮着搭把手。

这种人情味儿,眼下这种现代化小区、单元房里边,轻易还体会不着。我就觉得筒子楼吧,可能是最接近以前胡同大杂院儿,张家长李家短、锅碗瓢盆那种生活韵味的地方。您不能说这样的日子什么都好，可也不能说它什么都坏，只能说是特别有烟火气。酸甜苦辣，人情冷暖，互相都掺和着。

婚车

90年代以后，筒子楼重新排列组合排列得也差不多了，好多单位也实在没办法给人解决房子了，要是想结婚，那只能自谋出路。家里父母兄弟啊，姐妹啊什么的，挤一挤，给腾间房子。再不就是跟贫嘴张大民似的，自己跟院里盖一个违建，两口子躺床上睡觉，中间还隔着棵大树！当年拍《贫嘴张大民》的那个院子现在还在，就在北京东城区交道口菊儿胡同，南锣鼓巷东边，您要是有空路过的话，您可以去看一看。

差不多也是90年代初那会儿，中国人结婚，开始讲究必须得有婚车，还得在外头包饭店、办酒席。那时候奔驰宝马这类豪车,普通老百姓连想都不敢想。您就拿北京来说,谁家娶媳妇要是能弄辆皇冠当婚车,那就相当可以了。您看当年,冯巩、牛振华、倪萍三位老师演的那个打车的小品,一样都是开出租的的哥,开皇冠的跟开黄面的,那档次真就不一样。

90年代再往前,80年代那会儿,结婚能坐小汽车的那就都不是普通人,当时流行的是骑自行车结婚。条件好的呢,新郎新娘一人一辆,男的二八带大梁,女的二六小坤车没大梁,全得是新车。条件差点儿的呢,就一辆,新郎骑车,新娘坐在自行车后架子上。前些年《非诚勿扰》有句传得特别火的话,宁愿坐在宝马里哭,也不愿坐在自行车上笑。这句话就是80年代那会儿留下来的。

那时候,小孩儿有一项特别重要的娱乐活动,就是赶上谁家结婚娶媳妇儿,堵着人家大门口儿,看新娘子,而且不让人家进门儿,一边看一边还得跟着起哄:"哟,大美妞儿,看大美妞儿。"还得这么嚷。多会儿把新娘子哄得臊眉耷眼，连耳朵根儿都红了，多会儿算一站。娘家人看不过去了，帮着解围啊，就得从兜里掏出来一大把喜糖，哗啦往地上一撒，小孩儿一窝蜂全忙着抢喜糖去，也就顾不上看新娘子了。

有的小孩儿不光捡喜糖，还从地上捡大伙儿往新郎、新娘身上扔的那种小彩纸片。嚯，一片一片捡，最后能攒一大把。捡这玩意儿干吗呢？拿回去跟小朋友，用现在的话说，玩过家家，假装结婚。要不老北京怎么留下那么首歌谣呢：小小子儿，坐门墩儿，哭着喊着要媳妇儿。要媳妇儿干吗呀？点灯，说话儿；吹灯，做伴儿，早上起来梳小辫儿。

找说相声的证婚

90年代以后，结婚的花样那就越来越多了。我记得90年代末好像流行过一阵儿旅行结婚，跟老外学的,结婚不办事了,也不收份子了,不通知亲友,俩人儿领完证儿以后出去旅个游就算结婚了。这两年结婚的流行趋势好像是讲究得去教堂,觉得洋气、上档次。哪怕不去教堂,就找个酒店办,也得按洋人那套来。

有朋友就问了,你对这种事,怎么那么门儿清啊?这事啊,您有所不知,我们相声行里,帮人家主持婚礼、当司仪的人多!也算是挣外快的一个门道。眼下婚庆公司好多专业的婚礼司仪,您要是跟他好好盘盘道,原先没准儿都是有师父、有传授的相声演员。

洋人去教堂结婚,神父都得问小夫妻俩四句话:"新郎,你愿意娶新娘为妻吗?无论她将来是富有还是贫穷,无论她将来身体健康或不适,你都愿意和她永远在一起吗?""新娘,你愿意嫁给新郎吗?无论他将来是富有还是贫穷,无论他将来身体健康或不适,你都愿意和他永远在一起吗?"

就这四句话，您只要看过两部外国电影，基本都会说。现在好多年轻人跟酒店办事儿，不去教堂，也愿意找这么个仪式感，特意安排司仪也按神父那套话，接着问。

这种事，我觉得可乐在什么地方呢？人家洋人结婚，神父代表上帝问这四句话，那叫在上帝面前发誓，上帝为证。您说土生土长的俩中国人结婚，也非得找个说相声的问这四句话，我们能代表哪路神仙呢？总不能是相声行的祖师爷东方朔吧？东方朔问您：你愿意……这不像话啊这个！反正真要较真儿，东方朔倒是一路神仙，就看您认可不认可了。

文明结婚

甭管结婚的流行趋势怎么变吧，过去一百多年，中国人结婚差不多都是按洋人的路数来。这套结婚的路数，当年也有个说法，叫文明结婚，最早是清朝光绪末年,东南沿海那边先流行起来的。后来有一个叫徐珂的读书人,写了本专门讲各种杂七杂八的书《清稗类钞》,书里就特意讲过这文明结婚:"光、宣之交,盛行文明结婚,倡于都会商埠,内地亦渐行之。"

话说到这儿,有朋友可能就得问了,洋人玩的那套叫文明结婚,那什么叫不文明结婚呢?您要是想知道什么叫不文明结婚,也简单,侯宝林大师有个相声段子《婚姻与迷信》,您听听这个就成。那段相声里边说的,就是全套的不文明结婚。

侯宝林大师当年说这段相声,意思是想告诉大伙儿,传统的结婚习俗不大好,您得移风易俗,这也算是特定时代的一种社会风气。最近这些年呢,大伙儿观念变了,流行玩复古,好多传统的老东西又都给翻腾出来了。

我就亲眼跟北京大街上见过,整个按侯大师相声里的那套规矩来的迎亲队伍:新郎长袍马褂,披红戴花,骑着高头大马,后头新娘子坐着大红的喜轿,一大帮人敲锣打鼓,吹着唢呐,打着半套銮驾的执事。嚯,用我们相声的话说,那叫金瓜钺斧朝天镫,鹰鼓鹰幡鹰罩鹰。办红事跟办白事差不多。

轿子胡同

说起新娘子坐的这个花轿,我就想起郭老师说过的一段单口《教子胡同》。故事说的是清朝末年,北京南城,老宣武区牛街那边儿,住着个姓王的寡妇。寡妇带着个儿子,叫小宝儿。王寡妇年纪轻轻就没爷们儿啦,就剩下儿子这么一个指望,把小宝儿溺爱得那就叫没边儿了,顶在头上怕吓着,捧在手里怕化咯,要星星不敢给月亮。就这么惯着。

老北京有这么句俗话嘛,偏疼的果子不上色儿,意思就是说家里的小孩您越是宠着、惯着,没准儿就越不成器。小宝儿这孩子就是这么个德行,长到十几岁就开始学坏,拦路抢劫,杀人越货。后来让官府给逮着了,直接拉到牛街东边菜市口,咔嚓一刀,人头落地。

王寡妇一看,儿子没了,这辈子彻底没指望了,当场也就一脑袋撞在石头上碰死了。牛街那片儿的老百姓觉得这事挺有教育意义,就给这母子俩当年住的那条胡同起了个名儿,叫教子胡同。

教子胡同这地方眼下还在,就在特别有名的北京法源寺边上,胡同里边有不少卖清真小吃的,挺不错,您要是有空儿可以去转转。至于说这条胡同原先是不是真住过这么一位姓王的寡妇,是不是带着一个叫小宝儿的孩子,我也没特意考证过,不敢给您瞎说。

要说起来,"教子胡同"这四个字,明朝那会儿的写法其实应该是"轿子胡同",指的就是新娘子结婚坐的那轿子。北京总共有两条轿子胡同。一条在牛街,就是咱们说的这个教子胡同。还有一条在东四,隆福大厦北边有条胡同,直到现在还叫轿子胡同。

为什么这两条胡同都叫轿子胡同呢?道理很简单,因为它们在明清两朝都是喜轿铺扎堆儿的地方,用现在的话说,婚庆服务一条街!

过去的喜轿铺,就相当于现在的婚庆公司。现在的婚庆公司,您只要交足了钱,全套的服务,像什么婚车、服装、司仪、摄像、酒席,这些人家都管。喜轿铺也一样,主业是花轿租赁,捎带手儿地,也负责提供轿夫、执事、吹鼓手。您要是办喜宴找不着好厨子,人家也给介绍。

一百多年以前,中国人结婚差不多都是找这种喜轿铺,大包干儿,一条龙服务。直到1915年,北京骡马市大街,就是离我们德云社常年演出的湖广会馆不远的那地方,有这么个喜轿铺,老板是山东人。

这个山东老板脑子挺活,会做生意,眼看大伙儿都流行文明结婚了,自己这生意越来越差,心里一合计,人挪活,树挪死,生意差,怎么办呢？干脆，我这改改经营思路吧，别擎等着饿死呀。就把原先的喜轿铺改成了喜庆婚礼用品租赁社，专门出租文明结婚的各种用品，简称叫喜庆社，这就是中国现代婚庆行业最早的雏形。

得了，聊了半天结婚，咱们也算共同沾沾喜气儿。祝已经成家的朋友美满幸福，还没成家的朋友呢，能有段好姻缘！

老北京

起名字有一番讲究。不单是人的名字,地名儿也一样。远了不说,北京各个区,胡同、街道,每个地方的名字说起来都有讲究。当然了,真要细说起来太过海阔天空,这么着,我喜欢马,咱们就先说说带马字的,咱从这儿聊起。

首先来说,马甸。一提北京人都知道:"北三环,马甸!"

马甸怎么就叫马甸了呢?顾名思义?卖马的地儿叫马甸,是不是这样?哎,还真是这样。

老年间说起马甸:"德胜门外,马甸!"可这名字的起源呢,还不能从德胜门外说起,得从德胜门内说起！以前德胜门内有个茶叶铺，挺火，老板卖这茶叶货真价实，不缺斤短两，在德胜门内有一号，小小的有这么点名气。

但是呢——您瞧，故事一说"但是"，就有个转折——这么风生水起的一个小买卖，一但是，可能就要出点事，还真是。老板染上这么一毛病：赌博，耍钱！哎哟，这习惯太不好了，沉迷于此，以至于倾家荡产。买卖也黄了，家也散了，钱也没了，产业也不要了，耍钱都输了，都赌进去了嘛。最后一无所有，怎么办呢，指什么吃呢？一下狠心：我也不在德胜门里待着了，离开这个是非之地。搬到德胜门外去了。

搬到德胜门外，你光换地方也不成啊，你指什么当个营生吃饭呢？最后，给人赶马车为生。

有一次呢，这位赶着马车，跟着到张家口、内蒙古去贩牲口的这么个队伍，跟着几个买卖人，到那儿去收马。到那儿走了这么一趟，就感觉，"哎，这是一个商机！"商机是现在的词儿，那时候说"这行，这买卖可做，能挣钱"。

从此，他自己就开始往返于北京和内蒙古之间，到那儿收马，回北京来卖。自个儿带么几匹回来一试，真成！从此就开始做这马的生意。拉回来的马放哪儿呢？就在德胜门外，现在的马甸这儿。他住在那儿嘛，就在方近左右这儿开始卖。

可能也确实赶上时机了，贩马的生意做得挺好，买卖又火了。不单他这生意做得挺好，别人一看："哎哟，这人在这儿倒这马，能挣钱，腰包也鼓啦，财大气粗的又恢复了以前老板的状态，我们也试试做呗？"很多人就模仿着他，也是从内蒙古买马过来。嚯，越来人越多，以至于在这儿卖马成了气候，形成了一个类似卖马的集市的这么个地儿。从此以后，"马店"这名字就叫起来了。

有朋友说了，您这不对，您这胡说八道！马甸我们知道，那是草甸子的甸，不是"店"。您别着急，我还没说完呢。这卖马的集市就这样起来了，一直到了民国。

到了民国,这儿还是那么一个聚集区,但这个地方呢,地势比别处低,一到下雨,尤其遇上下大雨、下暴雨,那地方就常年积水,形成了一个水泡子的形式,水草长起来了。从此以后,叫来叫去,草甸子这"甸"字,就这么形成了。这是马甸的来历。

还沾马的,有什么?咱们现在城里头,东三环,亮马河!

亮马河现在是个繁华的地方,这名字怎么来的呀?跟马有关系吗?有关系。

早年间,赶马车从北边进城的时候,专门在那儿要停。停下来干吗呀?把这马从马车上卸下来,在这喘口气儿。亮马河是真正有一条河,就着这水,在那儿洗马、刷马,休整一下。洗完了这马,还要在旁边的大柳树上给它拴上,让太阳晒一晒,把身上的水晾干——晾马的地方,洗完了在那儿晾着,叫亮马河。

再说一个跟马有关系的：驴。

北京有个地方叫礼士路，特别有名的一个地方，北京人都知道。

礼士路，以前叫什么呀？驴市路。您听老相声，刘宝瑞先生在《刘罗锅》那个段子里说，"刘罗锅以前住礼士胡同，叫白了叫驴市胡同。"其实不是叫白了，以前那就叫驴市。

这驴市，干吗的，卖驴的？是啊，这您猜得一点儿没错。这有个渊源，跟老北京的历史有关。

以前，交通不太发达——不能说不太发达，是很不发达！走哪儿去，南城北城东城西城地这么转，都靠走。京西有个妙峰山，您要往妙峰山去，拴个娃娃、上个香，那一走得多长时间？于是就有赶脚的，推着车，帮您拿着东西。赶脚的最主要的代步工具就是驴。

那时候走哪远点道儿的都说"雇个小驴儿"，骑着去！又快又省事儿，所以在现在阜成门附近就专门有一个驴市。这整条街，都是雇驴的、赶脚的。您要往西去，就到阜成门这驴市路，雇头小驴儿就去了。包括您上妙峰山、上白云观赶庙会去，都是。现在老北京一说"雇个驴，上白云观赶庙会去"，您就知道这位不是外行，是个老北京，以前到白云观赶庙会都是雇驴去。

一直到1949年以后，交通发达了，骑驴的人也没有了，为了好听，驴市路改礼士路了。

要按这说法，北京还有一个地方跟这有关系：象来街。

这就不好解释了。马、驴都是常见的，象来街？北京没象啊？哪有满街跑大象的？还是整条街上都是卖大象的？不是。但是真跟象有关系。

这话又得往前推。那是1495年，明弘治八年，朝廷在宣武门内设立了演象所，干什么的呢？那时候有那属国、小国，到北京来朝圣、见皇上，或者叫外事交流吧，有人专门给皇上拉来大象，作为进贡的礼物。拉过来可不少！以至于朝廷就在宣武门内的西皇城根儿,设立了象房和演象所,专门驯大象——因为不少啊!而且那时候大象也少见,又高,又大,又壮,又有气势。皇上喜欢,举行大典的时候专门让那象组成队伍参加大典,有驮着宝的,有当仪仗队的,威武。所以那时候,那地方就叫象来街,那是真养大象的地方,一直延续到清朝。清朝也喜欢这大象,好看啊!一直到清末,腐败了,养象的经费来回来去地克扣,象陆陆续续地都饿死了,在朝廷里就没有了,没落了。1960年代,象来街这地方改名叫长椿街了。

怎么叫长椿街了呢?象来街不叫了可以,你没象了嘛,就不能叫象走街吗?叫什么不成,非得叫长椿街?哎,这又是一个故事。

明朝万历年间,北京来了一个苦行僧,水斋禅师。嚯,这了不得,是一个高僧,皇上都惊动了。据说他有能耐,那时候记载说他"一再七日不食,日饮水数升",他可以七天不吃饭,光喝水！要不怎么叫水斋禅师呢？我也不知道这名字是不是因为这个能耐起的。

这事儿，就惊动了当时的孝定皇太后。皇太后专门给这水斋禅师建了座庙，就建在象来街这儿，并且呢给这庙赐匾，匾上写什么呢？就是"长椿"二字，寓意皇太后福泽绵长，这么个意思。所以后来根据这个，象来街改长椿街了。

中国人喜欢从谐音里找吉祥话，有的甚至不是谐音，直接就起了个吉祥名儿。北京有很多，随便举几个，您瞧：如意胡同、吉祥胡同、喜庆胡同，平安里、万寿路、兴隆街，都是吉利词儿。不吉利的都改了，不好听的也都改了，就从谐音里找。

我小时候的出生地，北京西城，有一个福绥境胡同，我就生在那儿。那儿以前不叫福绥境胡同，叫什么呀？苦水井胡同！东城区有个寿比胡同，您想这词儿多好听？福如东海，寿比南山。

寿比胡同也是现在叫的,清朝那时候叫什么?一说您就得乐,叫臭皮胡同!东城还有一个吉兆胡同,嚯,这听着好,大吉大利,有吉祥之兆。但是以前这不叫吉兆胡同,叫鸡爪胡同!鸡爪不好听,改吉兆胡同了。

所以您说北京这地名儿,早年间取得……有点随便,是吧?

猪市口,卖猪的;驴市胡同,雇驴的;菜市口、菜户营、南菜园,都带"菜",都是卖菜的?对,就是卖菜的地方。有的不单卖菜,它也许是种菜的,也许是批菜的菜市场。还有什么豆芽胡同、葱店街。您说怎么卖菜的那么多呀?哎,这又跟历史有关系。

北京在金朝的时候出现了很多菜农,因为大城市嘛,就需要很多的蔬菜供应,应运而生。金朝之后,一直到元、明、清,菜农越来越多,而且在周边形成了很多蔬菜的交易市场,有的地区就专门批发一种菜,分工越来越细致嘛,所以根据这个特点，就起了这么多带"菜"的地名。我猜啊，那豆芽胡同，肯定就是以前批发豆芽的地方。我是这么想啊，这个有待考证，但是我觉得不无道理，最起码大多数的地名都是这么叫起来的。

按这么说，再跟您聊聊大北窑、刘家窑、白盆窑，北京好些个"窑"。

这个，我跟您说，还真是在当地、在当年，这地方是开窑厂的。远了不说，就说丰台区，刘家窑，这是一特别大的地名，那就是在明朝的时候这儿有这么个窑厂，本家儿姓刘，开的窑特别有名，从此就约定俗成，大家都管那地方叫刘家窑，一直传到现在。当然，再有什么呼家楼啊，毛家湾啊，史家胡同啊，这些肯定都是当时有特别有名的人物住在那个地方。

说着说着，就聊到公主坟了。谁住的呀？您瞧，这个真有据可考。

先说野史。小燕子、紫薇格格，电视剧大伙

儿都看过吧。同时,这电视剧带火了公主坟这个地名儿。公主坟埋的谁啊?传说,就是当年小燕子的原型。

实际上确实有这么个公主,名叫孔四贞。孔四贞她爸爸是个汉人,但是她爸爸非常有能耐,文武双全,是个大将军,顺治六年被皇上封为"定南王",嚯,这官可不小。这孔四贞,也是武艺高强,皇上很喜欢。不单皇上喜欢,还被孝庄皇太后收为义女,封为"和硕格格",这可了不得!怎么呢?您想,她是个汉人,汉人被封为格格,那是大清朝二百多年没有第二回的事儿!

那,公主坟里埋的是和硕格格?嗨,不是。传说归传说,咱刚说了,小燕子的原型是和硕格格,但是公主坟埋的还真不是和硕格格。埋的谁呀?嘉庆皇帝的两个女儿,比这和硕格格晚着一百来年呢。那不也是公主吗?所以那个地方叫公主坟。

再说说八王坟,也是北京很有名的这么个地

方。埋的谁啊？也是王爷，努尔哈赤的第十二个儿子，阿济格。阿济格也是一员大将，武术非常好，可惜下场不太好。据记载，在当时的摄政王多尔衮病逝以后，阿济格密谋要承袭摄政王的位子，结果让人发现了，让皇上给赐死了，就埋葬在八王坟这个地方。您说，努尔哈赤的第十二个儿子，怎么叫八王？嗯，可能中间还有女儿，这咱不太清楚，反正那时候他就是八王爷。

都是带"坟"的，不吉利，咱说一吉利地方。

这地方可了不得，最厉害！怎么厉害？这地方出过大人物。出谁了？郭德纲！

——开个玩笑啊。我这么一说，大伙儿都知道我要聊什么：天桥！

德云社在天桥嘛，所以咱们开了这么个玩笑。天桥怎么叫的天桥啊？是想当初皇上祭天的时候，到天坛去祭天，专门儿走的这么一桥。真有桥？真有桥！那时候是一个白玉的高拱石桥，在天坛北侧，从南往北横跨一条河，这条河就是后来的龙须沟，慢慢发展得就成臭沟了，但当年真是一条河。

从南往北，皇上每次去天坛祭天，都走这个桥过去。这桥只有皇上走，甭管是文武百官还是平民百姓，都不可以走。只有皇上祭天这一天，把桥打开，皇上带着銮驾过来，平常日子都给封住了，不让走。

文武百官、老百姓要想过这条河，都走天桥旁边的木桥。一直到1934年，拓宽正阳门到永定门的这条马路的时候，把这天桥全部拆除了，只留下了这么一个名字：天子走的桥，天桥。

总之吧，从我生下来到现在，我小时候就愿意跟大人聊这些稀奇古怪的掌故、奇闻异事，尤其是北京的地名，一边聊，一边还觉得可乐。这些地方，您有空也去签个到，看看当地的风貌。

搓澡

有这么一种乐子,在老北京您是要说起放松来,少不了的。什么呀?洗澡。老北京叫洗大澡,也有叫搓大澡的。

洗澡可分好多种,今儿咱不说那高端大气上档次的洗澡方式,单说老北京平民阶层当中最流行的这个搓大澡。

我小时候经常去,所以脑子里印象特别深。那时候没有天天洗澡的条件,但是呢,最少也得一个礼拜去这么一次。有那洗得勤的、上瘾的,隔个两三天就得泡一回去,所以也叫泡澡。

那时候都是公共浴池,没有现在的桑拿浴啊

洗浴中心啊这种讲究，没有那个。都是很普通的平房，小门脸儿，上面写着"大众浴池"，或者起个别的什么名儿，反正就是公共的大澡堂子。进去以后花不了什么钱，我记得那时候两毛多钱，就可以洗了。

有这么句俏皮话嘛，叫澡堂子的拖鞋——没反没正。就是说澡堂子这拖鞋它不好分对儿，丢一只就穿不了了。它那拖鞋没反没正的，都一样，穿哪只、穿哪脚，都可以。您只要找着那么两只，凑成一对儿了，您就可以穿上。

泡

脱了衣服，找着两只拖鞋，拿上毛巾、肥皂，就进那浴室的门儿。到了那儿有规矩，怎么呢？先得泡，要不老北京管那叫"泡个澡去"呢？先得泡。身上有泥，它脏啊，不像现在，一天洗一个澡、两个澡的都有，洗得勤，那时候没有那个条件。隔几天、一个礼拜,再脏的半个月一个月不洗澡的都有,但凡洗洗,那身上的泥厚极了。

先得泡,把身上那泥都给泡发略,然后再一搓,那泥不才能下去呢吗?一进澡堂子,一般中间这儿就有几个大池子。稍微大一点的浴池,中间这一块泡澡的区域能有七八个、十来个池子。要那么多池子干吗啊?一个池子泡不开那么些人呐。再有,不同的池子它水温不一样,越往里走,池子的水温越高。我们小孩儿一般不敢上那水温高的池子里边去,一般也就在那四十来度、五十度的池子里泡一泡。年龄大的,才愿意往里走。

我记得那时候看那些四十多岁的、五十多岁的,就往那深处走,那些池子一般都得够个五六十度、六七十度。这我可真不瞎说啊,您说人家烫不烫?我觉得烫,您可能也觉得烫,但人老头儿他真有不怕的!我不瞎说,那池子边上给你立个牌子,人家写着多少度呐,怕烫的你别进去!好家伙,那些池子里通常就一个人、两个人,经常还就空着没人——不是真好这个的,人也不敢下那池子里头去。

　　泡澡有讲究。不是说我下去泡个三分钟、五分钟就上来了,那不是泡澡,那是过水面。一泡呢,首先您得咬住了牙,下去了以后,怎么说也得泡个十分钟才叫起步!为什么呀?一般您想啊,您总不会进那比您体温还低的池子里泡去,对吧?人家也不预备,那下去就跟凉水似的了。怎么的您也得感觉热,您才下去泡去。至少得泡七八分钟、十分钟,水温比您体温要高点儿,慢慢地,您这血液循环就上来了,周身上下就开始红,开始冒汗。皮肤下边这血液也开始流速快了,皮肤外边那层泥也泡得开始发起来了,就开始浑身发痒。

　　哎,这时候,您就想出来。但是您一定听我劝啊,如果您现在还有泡澡的习惯的,或者您不知道怎么泡,您一定听我这劝:就这时候,一定要咬住了牙,坚持住,别让自己出来!千万得坐在那儿,坐住咯,接着泡。就这阵难受劲儿,您把它忍过去,泡澡的那舒服劲儿就来了!

等身体真正适应了,身上也不痒了,您稍微往下坐一坐,让水位高点儿,脑袋后边垫块毛巾,仰着脑袋看天花板,那家伙,浑身通泰!加上澡堂子里边雾气腾腾,吸进去特别湿润,呼吸也通畅了,再伴着回声儿——这时候您就听吧,澡堂子里,什么声儿都有。

有的人他愿意唱。有那愿意吼两嗓子、唱两嗓子的主儿,平时呢多少有点儿腼腆,怕人笑话什么的,到了那儿,不会!那时候唱的一般都是老头儿,泡舒服了,就开始唱京剧。嚯,一会儿这一段,一会儿那一段,好听极了!您说您不听这个?不听这个也行。我的意思是,在那个地方,当您浑身通泰了,浑身舒服了,您想听什么,您就能听到什么,您不想听什么,您可以完全地把自己静下来,想一点高兴的事儿。那种舒服,那种感觉,特别好。

真泡得差不多了,觉得舒服劲儿也差不多了,这就得二十分钟、半个小时,得够这时间,就往出走。出来就到了一个特别重要的环节:搓澡。

搓

这搓澡啊,是个最舒服的事儿了,而且也是个必然的过程。您想啊,您在那池子里泡那么长时间了,身上的泥都泡松软了,也必须得把浑身那泥、那脏东西给搓下来才舒服啊!

一般澡堂子再往里走,有一个小空间,里头放着几张床,那就是搓澡的地方。有几个师傅在那儿,要是没人搓澡,这师傅就坐在那儿聊会儿天,抽会儿烟,看看书,看看杂志。等您泡好了,愿意过去搓去,站起一师傅来,就开始给您搓澡。也不单给钱。没有单给钱的,都包含在您那洗澡的钱里头。

以前没有搓澡巾,就是拿毛巾,投好了、洗

好了,拧得干干的,往手上一缠,就开始搓。北方真正讲究的搓澡,一下是一下,总共一百零八下,要把您全身都搓到,而且什么地方轻,什么地方重,什么地方需要特殊照顾,人都有讲究。

比如喉结、双乳、小腿这些地方,都怕手劲重。您想,喉结这地方稍微一摁,您就有窒息的感觉,手劲一重那非出事儿不可!双乳、小腿,用劲大点儿它疼啊。所以这些地方都要轻轻地。

什么地方重呢?后背、大腿、肩膀,这些地方必须重,不重还不过瘾,得有些压迫感。怎么重都没关系。

什么地方特殊照顾呢?比如手指头缝、脚趾头缝、大腿根儿、膝关节后边,这些地方一般都容易藏污纳垢,而且平时也容易被忽视,所以要特殊照顾,要特别周到地给它都搓到了。

嗬,那讲究至极啦!

不光北方人,南方人也很讲究。

我小时候,咱也没有走南闯北,就认为只有北方人才搓澡,南方人不用。您想啊,南方本身它空气就湿润,南方人又爱干净,家里甭管是淋浴还是什么的,都有洗澡的设备。其实不是,后来真懂了才知道,人家分南北两派,南方人也很讲究!

北方搓澡比较粗犷,一搓搓得红光满面,浑身通红,还泛着光,它促进血液循环嘛,能刺激皮肤,让皮肤有弹性。南派就绵软一点儿,手法更细腻。现在洗浴中心里搓澡的很多都是扬州师傅,扬州对这个特别讲究。有那洗完了想搓搓的人,专门就点这个:"哪位师傅扬州的呀?手法是南派的吗?给我来来,我搓搓。"

明清两朝是搓澡最盛行的时候,最火的地方就是扬州,那儿交通枢纽嘛,大运河,是货物吞吐的重要站点。经济发展好了,客流量大了,这周边的产业、配套的设施也就到位了。所以扬州那时候很多澡堂子,扬州人就发展了这种洗浴的手法。

一条龙

咱还说回来北京。

浑身都搓干净了,搓得浑身通红、泛着光,嗬,美了,洗完了!

洗完了?早着呢!实际上在北京,这洗澡才算洗了一半,后边还有好些内容呢。

您要是说我不干别的了,有那老头儿,专门好在里边躺会儿,睡个觉,喝点茶。您要是说我还想干点别的,也有,您可以叫师傅理发。理完发,您接着再洗去!——洗澡就是这么一个放松的方式。

除了理发,还能刮脸。咱们现在都觉得刮脸就是刮胡子,实际上不是,刮脸是刮脸,刮胡子是刮胡子!有朋友问了,刮胡子我知道,长胡渣子了嘛,刮刮。脸……有什么可刮的?嗨,汗毛啊。脸上那些汗毛,都给您刮一遍。他那刀刃跟您脸上过一遍,也是刺激皮肤血液循环的过程。经常刮上瘾！别人不说，我就上瘾。我现在专门找地方刮脸去，而且专找那老师傅，有手艺的——刮脸好讲究了，没手艺的您也不敢让他动啊，那刀飞快飞快的，但凡一哆嗦就是个口子。那非得是从小学徒学这个的，有手艺的，才好。澡堂子里边就有很多这种师傅，您愿意刮脸的，"来来来"，请一师傅过来刮脸。

还有修脚的。很多上岁数的人，趾甲长得厚实了，不好剪，就在那儿拿修脚刀修脚。脚上有什么疾病的，包括鸡眼啊，趾甲往里扣啊什么的，都很疼，影响走路，到那儿都能给您修好咯，最起码这阵子能让您舒舒服服的，下回洗澡您再来，再修！

采耳，掏耳朵。哎，这掏耳朵也讲究，专门有一套工具。——我发现这人吧，现在生活水平越来越高，但这些让人特别舒服、特别享受的东西反倒是不讲究了，一个耳挖勺就完了。——那可不介。耳挖勺掏完了，还得有那棉签儿进去，把掏耳残的那些碎屑蘸出来，然后还有一小竹片儿，特别细，一根还挺长，上头有小茸毛，进去再给您清扫一遍，特别特别舒服！这掏耳朵也上瘾："师傅，您再往里捅一捅，再掏掏，没过瘾，还痒呢里边！"嗬，这是掏耳朵。

打眼

还有一种，打眼！

这个我不知道您哪位听说过，反正我是前几年才知道，而且还不是在澡堂子里知道的。我小时候，打眼这种方式、这种手艺，已经没有了。

前几年，我们上河南演出去。当时在北京没来得及，到了河南，晚上没事儿了，我就问："这儿哪理发好啊？我去理理发。"我们住市政府招待所，旁边那传达室的耳房，租给了一个老师傅开理发馆。人就说："我们这儿的领导定期都上那儿理发去。传统手艺，老师傅，手艺好极了！"

理完发，确实不错。那师傅就说："哎哟，谦儿哥，你们北京来的？来打打眼吧！"就拿出那么一小盒来，小盒里头也是各种各样的工具，也有我刚说的那种掏耳朵的小细竹片儿，顶上带着茸毛，就跟小鸡毛掸子似的，我也没细看。

师傅："你看，这就是打眼用的工具。"

我："打什么眼？"

师傅："您真不知道？就是眼睛啊。"

我："眼睛……怎么个打法？"

师傅："您来吧，试试，舒服极了！但是您可别害怕啊。"

我这一听，就确实有点害怕，因为咱不知道啊。师傅说，您就躺下吧，您就听我的，我这手艺您放心！

好家伙，我这一躺下，他就拿起那棉签儿来，上眼皮、下眼皮翻开，里边整个儿都给擦了一遍。擦完一遍，把这棉签搁下，就把那小探子，我说的那小鸡毛掸子，拿起来了。好家伙，小一尺长！把眼犄角那儿一扒，那探子直接就探到眼角里边去了，一下探进去二三寸！

这玩意儿给我吓得。我说里面有那么深的洞？有那么大的空间？

师傅说了："谦儿哥你怎么了？泪囊啊！您平常或者哭啊或者什么的，眼睛里面湿润，它得有液体啊，从泪囊里边出来的呀。而且眼泪它也不是蒸馏水，里边也有各种物质，也有脏东西，泪囊里也积攒下不少脏东西，我把它给清洗了。给您清洗清洗泪囊。"这真是有手艺。

这只眼睛完了，再到那只眼睛。

"得了，完事儿了。您起来吧，感觉怎么样？"

这个，实话实说，越高兴越受罪，真好，真舒服！这一舒服，第二天我又去了："您再给我来来！"

师傅说："没有这么勤的。这虽然是件舒服的事儿，虽然是个健康的事儿，但也不能这么勤。不是有这么句话吗，'眼不打不瞎，耳不掏不聋'。"

我这才知道，还有一种叫打眼的手艺！这手艺以前老北京也有，但到我小时候那会儿已经看不到了。

瓮堂

有朋友问了，这人自打生下来，上哪儿总结出来的这么多手艺？这公共浴池什么的，打哪儿传下来的呀？哎，这还真有传承，还真不是自个儿发明的。

那是六百多年前，明太祖朱元璋建都南京。建都南京，得盖皇宫啊。嚯，当时就定下日期，哪年哪月哪日，得把皇宫建造好，要竣工，要交活儿！大批的民夫就往南京涌，调到南京修皇宫去。

南方天热，长期干体力活，个人卫生又得不到保障，慢慢地人就开始得各种皮肤病，长疖子长疮啊，身上难受啊，浑身瘙痒啊，就怎么都不是了，越来越严重。

这工人一不舒服，再来点儿皮肤病什么的，就影响工程、耽误进度，这事就反映到皇上那儿去了。朱元璋一听，这是个事儿。皇上嘛，您可以说他不管老百姓的疾苦，但耽误他工程这玩意儿……皇上说了这天必须竣工，到时候活没交了，这还是天子吗？皇上说话哪有不算数的？所以得把这事解决咯。就整天想这主意，问文武大臣，怎么解决这事儿，怎么把工程进度给弄上去。

大家苦思冥想，没有办法。这时候，刘伯温——您瞧，洗澡这事儿愣把刘伯温给请出来了——站出来就说，皇上，我觉得您得修大批的澡堂子，给工人们解决洗澡问题。身上洗干净了，舒服了，咱们这进度才能快上去。

当时朱元璋就亲自下令，在南京皇宫工地的周围建造了无数个澡堂子，给工人们洗澡。洗澡的同时，旁边还有洗衣服的地方。您这边洗完澡，那边就把衣服洗干净了，甭管是换啊还是怎么把它弄干吧，最后洗完澡就能穿着干净衣服出去。

这澡堂子当时起名叫瓮堂。怎么叫瓮堂？就是说澡堂子修建的样子，就跟瓮倒扣过来那形状差不多，所以叫瓮堂。这是六百多年前，朱元璋下令、刘伯温出主意，建的澡堂子。

这事儿可不是我瞎说啊。现在南京还有一个六百年前留下的瓮堂呢，我听说了以后，特别想过去看看。您说要是机缘巧合，能在那儿洗个澡，体会一把当年那种感觉，得多美？我还真打听了，瓮堂还在，但是已经不对外营业了。

您说六百年前的，还能对外营业？嚯，直到2013年，这个瓮堂才正式关的门！据说是以修缮的形式关门，不是拆除，因为它是古迹嘛。

战斗民族

咱们从老北京说起，北方的、南方的，连带

澡堂子的渊源，都聊了。有朋友就说，中国人是这样，外国人也搞公共浴池吗？嗨，您以为呢？全世界就没有不洗澡的，也没有不在洗澡这方面讲究的！外国人也很讲究，只不过各地跟各地不一样。您想啊，咱们南北方还有这么大差异呢，那国家之间更是讲究不同啦。

最简单的例子，桑拿。实际上现在的洗浴中心基本都是桑拿了，咱们老北京的洗澡方式大家都不愿意用了，都用国外那种桑拿、土耳其浴。

桑拿，咱举一个最典型的例子，俄罗斯。俄罗斯那地方冷啊，人家愿意蒸这桑拿。但是它有一个不同的环节，就是您蒸完了以后啊——这战斗民族就是跟别的地儿不一样——人家出来以后，拿橡树的枝叶蘸上一种药水，往人身上抽！嚯，我一听这个，好家伙，进了渣滓洞啦？

据说这个抽，也是为了促进血液循环，而且药水的药力能更快地渗到皮肤下边去——您想想，它最少得抽红了吧？皮开肉绽咱不敢说，最少得抽红了,才有助于那药水往皮肤里走呢嘛,要不您抽什么?您抹不就完了吗?反正轻不了。这是俄罗斯。

　　这东西,哪国跟哪国都不一样,咱去的国家也不是很多,了解得也不太清楚,就所学所知的这点,跟您闲聊天儿。

　　说了半天,有朋友又得问了,您又知道这,又知道那,说的不都是小时候吗?您现在要洗澡,上哪儿洗?
　　我啊?我在家洗。
　　我就不上外边去了。现在手机功能那么发达,到外边洗个澡再让人拍下来,回头弄个视频网上一传,明儿我就火了。所以现在我就不上外边洗澡去了,别让人给我再PS一下,这事儿就说不清楚了!哈哈。

手串儿

咱先上个寻物启事。

好多朋友可能都知道，2016年，我跟首都机场T2航站楼，从那儿上飞机的时候，突然内急，想上个厕所。手腕上呢，有一串儿金刚菩提，方便的时候挂在隔间那钩子上，临走时候忘拿了！您哪位要是捡着，按说也玩了四五年，差不多应该也玩腻了，您要是不打算再玩儿了的话，麻烦跟微博上@我一声儿，我等着您！不白要啊，我拿东西跟您换，我们家有块琥珀，里面有辆自行车，我拿那个跟您换！

——这就是跟大伙儿开个玩笑。这事啊，其

实我心里挺清楚,那串小金刚要是能要回来,四五年前也就找回来了。四五年了还没找回来,那就说明是落在了真喜欢的人手里了,也算咱们结了个善缘。

其实那手串儿啊,本身不值几个钱。2015年市面儿上炒得最厉害的时候,多少还能值俩钱儿,这两年热乎劲一过,价儿也就下来了。只是希望这东西甭管落在哪位朋友手里,您都能善待它,也希望它能给您带来点好运气。

净是忽悠

眼下,网上有个概念炒得挺热闹。什么概念呢?叫老北京十大把玩件儿,像什么文玩核桃、手捻儿葫芦、菩提子手串儿、烟斗儿、折扇儿、紫砂壶,这都包括在内。其实这事要说起来,就跟现在您去大栅栏、什刹海这些旅游区,好多摆摊儿的卖什么正宗老北京凉皮儿、正宗老北京油炸臭豆腐、正宗老北京铁板烤鱿鱼一样，纯属瞎掰，忽悠别人钱的！

就拿烟斗来说吧，本身这就是晚清那会儿从西方传过来的，洋人玩儿的东西。最有名的，探案的那个福尔摩斯，甭管走到什么地方手里都得拿着个大烟斗。不到一百年以前，中国人抽烟，主流用的不是这个，都是烟袋锅子。

去过什刹海的朋友您都知道，什刹海东边有条烟袋斜街。烟袋斜街这地名怎么来的呢？一个说法是这条街的外形像个烟袋，所以叫烟袋斜街；再一个说法呢，就是这条街上原先有好多卖烟叶儿、烟袋的铺子，因此得名烟袋斜街。

铁齿铜牙纪晓岚，大伙儿都知道，外号叫纪大烟袋嘛，手里老爱拿着的就是一个大烟袋，那是中国土生土长的玩意儿。您多咱也没听说过有人管他叫"纪大烟斗"，没有吧？当然了，中国的烟袋也有自个儿一套儿讲究，得是乌木的杆儿、白铜的锅儿、翡翠的嘴儿。真正值钱主要是值钱在那嘴儿上。您听郭老师说的单口《怯跟班儿》,里边不就有这么段词儿吗:"九爷有一烟袋,乌木的杆儿,翡翠的嘴儿,白铜的锅儿。这翡翠嘴儿价值连城,湛青碧绿,嘬在这儿一抽烟,整个脸翠绿,就这么绿!"

手串儿的情况跟烟袋差不多。明清两朝,老北京也确实有人玩儿,不过那讲究跟现在不一样。那会儿的手串,材料以宝石居多,能跟木头沾上边儿的,也就是沉香、檀香、菩提子这么两三种。

中国古代说的能结菩提子的菩提树,跟现在不是一个概念,专指的是佛祖坐在树底下打坐、顿悟得道的菩提树。"菩提"这两个字是梵文,就是顿悟的意思。您看老版《西游记》的最后一集,师徒四人走到灵山底下的时候,看见一棵菩提树。唐僧就跟孙悟空他们说,佛祖当初就跟这种树底下打过坐,咱们好不容易来一回,要不然,咱们也跟这树底下坐半天再走呗?师徒四人，就跟那棵菩提树底下真的坐了半天。

菩提树，从植物学的角度讲，属于榕树的一种，秋天能结籽儿。信佛的人呢，把那菩提树的籽儿捡回去，串成佛珠，念经的时候用，觉得特别吉祥。全中国最有名的两棵菩提树都长在故宫，那是明朝万历皇上的亲妈妈，李太后亲手种的，结出来的菩提子跟别的地方稍微有点不一样，叫五线菩提。

至于什么星月菩提、金刚菩提、凤眼菩提，那都是最近这一二十年炒起来的新玩意儿，以前根本就没有。您哪位要是进了古玩店，老板从柜台里拿出来一串儿星月菩提，包浆厚重，开片均匀，告诉您说这是乾隆皇上当年亲手盘过的，内务府造办处做的御用手串儿，那甭问，准是瞪眼儿说瞎话，打算蒙您钱的。乾隆那时候的人，根本不知道星月菩提是个什么东西。甭说乾隆那时候的人了，二十年以前，您知道星月菩提是什么吗？

现在的这波手串热，大概是十五年以前，让

文玩市场给煽呼起来的。2007年,冯巩老师主演了一部电影《别拿自己不当干部》,里边有个桥段,说的是工长王喜跟单位得罪人了,老遭算计。媳妇实在没辙,有病乱投医,找算命先生给算了算。

算命先生说,你爷们儿这是犯了小人了,得请串儿天珠回去,一百五一串。媳妇儿花一百五把这串天珠请回去了,晚上等王喜下了班,两口子吃了饭,赶紧就把这串儿珠子拿出来,特别神秘地说:"赶快戴上吧,特意给你请的,天珠!"王喜是天津人,说话还挺哏儿,当场就回了一句:"嘛玩意儿,天诛(珠)?还地灭呢!"

您有空,可以把这电影翻出来看看。电影里边算命先生忽悠人,卖一百五一串的那堆珠子,就是当年最早流行起来的木头佛珠,木头手串儿。现在您去文玩市场、旅游区之类的地方溜达,能看见那种跟大盒子里装着,十块钱、二十块钱一串儿的低档佛珠手串儿,差不多还是这类东西。

十八子手串儿

最早流行起来的那波手串儿,材质虽说跟明清两朝玩的有区别,大面儿上还算是合规矩。这种手串儿老式年间有个专门的说法,叫十八子手串儿。您注意啊,这个十八子是"子",不是"籽"。

十八子手串儿,说白了就是简化版的佛珠。佛珠,材料甭管怎么变吧,有贵的有贱的,但珠子的总数不能随便乱改,必须得是一百零八颗,不能多也不能少,这是规矩。佛教有本经典叫《木槵子经》,里边就说了:"若欲灭烦恼障、报障者,当贯木槵子一百八,以常自随。"

木槵子又叫假龙眼,长得像龙眼,就是不能吃,中国南方特别常见。这种树上结的果子摘下来，外头那层果肉能当肥皂，洗衣服用，道理就跟以前好多地方的老百姓买不起肥皂，用皂角树上结的那个皂角籽洗衣服一样。眼下还有好些朋友流行用木槵子洗头，说是纯天然，不伤头发。

木槵子外头那层皮儿连带果肉剥下去，里边有个黑的籽儿。据说，佛祖当年念经的时候，用的就是木槵子串的佛珠。一百零八颗这数儿，象征了尘世间的一百零八种烦恼。所以后来的佛珠，材料可以有变化，总数都必须是一百零八。

话虽这么说，一百零八颗佛珠，串起来就是挺长一大串儿，行动坐卧也不是特别方便——尤其是上厕所的时候！您往那儿一蹲，佛珠直接就能耷拉到地上，您说弄脏了怎么办？所以后来的人又搞了一种简化版的佛珠，为的是平常拿着方便。这种简化版的佛珠，就叫十八子手串儿。

十八子手串儿，顾名思义，必须得是十八颗珠子，多一颗少一颗都不成。按佛家的说法，十八颗珠子代表了六根、六尘、六识，三六一十八嘛。老百姓有个更通俗的说法，十八颗珠子象征的是十八罗汉。

现在好多卖手串儿的为了多卖钱，捣鼓出来好多概念，光手串上珠子的数，就有十二颗、十三颗、十六颗、二十一颗、五十六颗，最多的能到一千零八十颗，反正各有各的说法。每个手串儿除了大珠子以外，还得配上小隔珠，又叫子孙珠，说是您戴上以后家里能添丁进口、有子孙。反正说来说去，都是为了把您忽悠迷糊了，他好多蒙俩钱儿。

真正讲规矩的手串儿，材料可以随便选，什么翡翠、碧玺、珍珠、蜜蜡、珊瑚、迦南木，全凭您个人喜好；珠子的数儿呢，只能是十八颗。十八颗珠子以外，再加点小配饰，佛头的地方留个袢儿，为的是不用的时候可以随手挂在衣服大襟的纽扣上。

清朝以后，十八子手串儿就成了一种装饰品，又叫多宝串儿，不管信佛的不信佛的，都可以戴。戴这个东西的人以妇道居多。民国初年，有个叫徐珂的读书人写了本儿专讲杂七杂八的书《清稗类钞》，里边就说："多宝串，以杂宝为之，贯以彩丝，妇女所用，悬于襟以为饰。"

青牛精，金刚琢

老爷们儿要是玩这种东西，就不能往大襟上挂，那么着忒娘气。只能揣在荷包里头，要么就是跟现在一样，戴在手腕儿上。话说到这儿，《西游记》里有一回故事，讲的是师徒四人过了通天河，正要往女儿国走的路上，遇见了太上老君骑的那头牛变成的妖怪，叫青牛精。

青牛精，应该是唐僧西天取经这一路上，遇见的最厉害的妖怪了。论武功，他能跟孙悟空打个平手；手里还有件儿法宝，叫金刚琢，能套世间万物。不光能套孙悟空的金箍棒，像什么水德星君的水、火德星君的火，外带佛祖的金丹砂，不挑食，通吃！满天神仙都拿这头牛没辙，最后只能把太上老君请过来："你们家的牛，你自己管！"

金刚琢在《西游记》里边总共出过两回场。除了青牛怪这回，就是大闹天宫的时候，太上老君趁孙悟空没留神，从天上把这玩意儿扔下去，偷摸儿给了他一下子。多亏了这一下子，二郎神才算把这孙猴儿给逮着。

老版《西游记》剧组当初给太上老君配的，大概就是个不锈钢圈儿之类的东西，跟手镯差不多，又光又亮。可实际上呢，太上老君打孙悟空用的这个金刚琢，也就是后来青牛精跟满天诸神斗法用的这圈儿，可能是个跟手串儿差不多的东西。

这事不是我瞎说啊，您有空可以翻翻《西游记》。原文第五十二回，青牛精用他那个圈儿把神仙们的法器都套走以后，孙悟空进洞，打算把这圈儿给他偷出去，正赶上青牛精脱了衣服睡觉。吴承恩跟这地方特意提了一句，说这圈儿

"像一个连珠镯头模样"。

什么叫连珠镯头呢?就是把镯子的外形做成一疙瘩一疙瘩的,跟手串儿的意思差不多。所以说,《西游记》里边的青牛精,可能还是个喜欢盘串儿的妖精。

十八籽手串儿

现在盘串儿界有一个特别容易跟十八子手串儿弄混的概念:十八籽手串。这个概念呢,应该是十年以前,2010年左右,刚开始流行玩菩提子的时候,让人给炒起来的。

这个"籽",指的是各种植物结的种子。菩提子手串儿火了以后,只要是中国人没怎么见过的玩意儿,从东南亚那边弄过来,放到文玩市场上,都可以叫什么什么菩提子。名儿随便起,怎么好听,怎么吉利,怎么能赚钱,就怎么来!

网上有高人给统计了统计,文玩市场上现

在卖的各种菩提子，归了包堆，大概得有三千多种。您就是从大学里边请个植物学教授过去，都不见得能认全。

从这三千多种菩提子里边挑出来十八种，比如最有名的，您都知道的什么金刚菩提、星月菩提、凤眼菩提，串成一串儿，就可以叫十八籽手串。十八种菩提子嘛，象征着十八罗汉，戴上以后据说能逢凶化吉、遇难成祥。

我印象里边，最早兴起来的菩提子应该是星月菩提，差不多是在2010年到2013年这么个时间段。刚开始的时候，大伙儿都不认这东西，去趟潘家园，花不了一百块钱就能弄一串特别好的极品。

再往后呢，卖手串的人就开始玩儿概念了。比如说，形状必须得正，菩提子上的那个黑点儿得月朗星稀，包浆必须得盘到什么程度，开片必须得怎么裂，才算好！反正忽悠来忽悠去，价钱就给忽悠上去了，菩提子的种类跟着也就多了。

大概是在2014年，市面上开始流行玩金刚菩提。我那时候也赶时髦,弄了一串儿,没想到刚盘出来点包浆,就给丢在首都机场了!

金刚菩提,按文玩市场的说法,全得从尼泊尔进口。为什么非得是尼泊尔进口呢?因为尼泊尔是佛国,老百姓普遍都信佛,大伙儿觉得那地方出来的东西自带仙气儿。

实际上呢,金刚菩提就是杜英树结的果子里边的那个核儿。这种树,中国南方好多地方都有,属于常见的绿化树,又叫野杨梅、野橄榄,到了秋天能结跟橄榄差不多的果子,可以吃。吃完果子,剩下的核儿就是金刚菩提。

金刚菩提长得挺像核桃,外号叫野橄榄,脾气秉性跟核桃、橄榄核儿也差不多。盘的时候呢,按核桃的路数来就成。盘核桃有个讲究,叫三分盘、七分刷。金刚菩提刚入手的时候,您也得找个小牙刷之类的东西,勤刷着点儿,把脏东西都给它刷干净。一定得是干刷啊,不能着水!金刚菩提跟核桃的性质差不多,着了水,猛地一干一湿，就容易裂。我在首都机场上厕所的时候把手串给摘下来，主要也是怕着水。

草珠子

这两年，手串儿界又出来个新概念，叫一草二木三菩提。一草，指的是什么呢？家在农村的朋友印象应该更深一点儿，一直到90年代，农村家家户户都挂一种自制的门帘子。这种自制的门帘子都是一串一串的，挂在门上既通能风，还能防蚊蝇，用的原料叫草珠子。草珠子，这两年在文玩圈里又换了一个特别高大上的说法儿，叫草菩提！就是一草二木三菩提的这个"一草"。

有的朋友要是觉得身上湿气重，一般都是去超市买点儿薏米，回家熬点薏米粥喝。草珠子，其实就是野生的薏米，以前农村野地里边有的是，成片儿！长得跟小号的老玉米差不多，每到秋天能结出一串一串的草珠子。

草珠子也能吃,就是仁儿比人工种的薏米稍微大点儿,所以又叫大薏米。有些地方还管草珠子叫念经珠,怎么叫念经珠呢?现在您要是车了几个珠子,想弄个手串儿戴,甭管是海黄还是紫檀,都得现打眼儿,对吧?打完了眼儿再拿线穿。

草珠子,天生自己就带眼儿,直接拿绳儿穿上就能用。过去好多信佛的老太太,要是舍不得花钱买佛珠,都是去野地里弄一把草珠子,回家自己找根线穿上。所以草珠子得了个别名叫念经珠。

以前农村的小孩玩具少,尤其小女孩,爱漂亮啊,又买不起正经首饰,就可以摘一把草珠子,自己编个小手串儿戴在手上。1983年,新疆和田山普拉古墓群出土过一串起码得有一千五百年历史的手串儿,也是草珠子编的。

草珠子,用现在盘串儿的行话说,上色快,容易出包浆,拿在手上盘个四五天就能变红。过去的人不懂这个道理,看见草珠子能变红,"哎哟,这是吸了人的精血啦?"都不愿意让小孩戴。直到现在,好多地方还管草珠子叫尿珠子,意思是说戴这玩意儿晚上睡觉尿炕,为的是把小孩吓唬住,别再玩这个了,别戴了。

老北京有这么一个规矩,立夏那天,老百姓得统一把门框上挂的布门帘子,换成更透气的竹帘子,还得把窗户上糊的窗户纸都揭下来,换成冷布。什么叫冷布啊?是一种用纱线织的,跟现在用的纱窗儿差不多的东西。家庭条件稍微好点的人家还得去棚铺,请棚匠过来,在院子里边搭天棚。

会过日子的人家呢,舍不得花钱买竹帘子,都是用头年秋天野地里摘的草珠子自己串门帘子。串好了,挂在门框上,比竹帘子漂亮,还省钱。直到80年代,每年立夏以前半个月左右,胡同、大杂院儿里边,还能看见不少老人,搬个小板凳儿,坐在树荫底下,用草珠子串门帘儿。

有的人觉得,光用草珠子是不是太单调了,不漂亮啊?没事儿,您还可以用平常攒的糖纸,要不就是头年的废挂历,卷成一个一个的小硬纸卷,跟草珠子掺和着串成门帘子,挂在门上,花花绿绿的也挺好看,算是一种生活的情趣。

清朝嘉庆年间,有位叫得硕亭的北京旗人写过一本《京都竹枝词》,里边有首诗,讲的就是老北京立夏那天换门帘子、搭天棚的习俗:"绿槐荫院柳绵空,官宅民宅约略同。尽揭疏棂糊冷布,更围高屋搭凉棚。"

《京都竹枝词》里边的诗,中学语文课本也在用。"开谈不说《红楼梦》,读尽诗书是枉然。"这句话,眼下中学语文老师讲《红楼梦》的时候肯定都得提一句,它的出处就是《京都竹枝词》。

《京都竹枝词》这本书还有个别名,叫《草珠一串》。"草珠一串"这说法,什么意思啊?这位得硕亭自己给解释了:"草珠者何?取其物原土产,人以线穿,不过草子之称……途歌巷语,自贻笑于大方,以之名书,谦意。"意思就是说，这本书说的呢，都是老北京的风土民情，杂七杂八，不怎么高大上，可又实实在在是我花了心思的，讲的都是平凡人生里的平凡故事。就像野地里到处都有的草珠子一样，不起眼，不值钱，但老百姓过日子多少还能有点用处。

聊来聊去，咱们从值钱的金刚菩提，一直聊到不怎么值钱的草珠子。其实我觉得啊，好多门类的文玩，本身就没有贵贱之分。真正值钱的，是您花在它身上的那点儿工夫、那点儿心思。市面儿上炒得再热乎、再值钱的玩意儿，您花大价钱买回去了，要是不费工夫、不花心思对待它，那也就是一废物。

反过来说呢，再不值钱的玩意儿，哪怕就是野地里自己随便捡的，没花钱，您拿在手上坚持盘它个二三十年，那也是宝贝！这就是文玩跟真金白银最不一样的地方，可能也是它最有魅力的地方。

潘家园，报国寺

聊完了手串儿，就有很多朋友说：谦哥，你再说说文玩的事儿吧，这个我们喜欢！现在文玩市场那么火，大部分人手里都有个串儿啊，有个链儿啊，玩个扇子啊，咱聊聊这个！

这事儿啊，是这样。文玩的事情，我不能算是内行。首先，我虽然是喜欢，但要说了解多少，层次有多深，面儿有多广，完全谈不到桌面上来，我给您说不出什么有营养的东西。

再一个呢，我一直觉得，文玩这东西是因人而异，各人的见解不同、眼光不同、爱好不同。这东西就是这样，玩儿物嘛，只要你喜欢，花多少钱都不嫌贵,"你不喜欢是你的事儿,没关系,我喜欢!我看着它就高兴!"这样就行。您说您喜欢、值多少钱,搁在他那儿,他不喜欢,您扔大街上他都不捡。再有呢,对这个没爱好的朋友,甚至都不知道这是个什么东西,你怎么说呀?所以关于这个话题,虽然现在有很多很多的朋友对文玩感兴趣,但是不好说,不知道从何说起。

不过文玩虽然不好说,但文玩市场可真是火,今儿就跟您聊聊文玩市场吧。老北京怎么兴起的这文玩市场啊,就这么火?这根儿从哪来的呀,怎么个来龙去脉啊?这个,咱们可以聊聊。

六月六,洗大象

文玩市场怎么来的呀?这还真不能从文玩说起,咱们还得往前推,从动物说起——您瞧,都是我喜欢的话题!

从哪种动物说起呢?大象。

有朋友说了，大象我知道，你们德云社有一演员，孙越，以前不就是养大象的吗！这您没说错。孙越是我师弟，以前还真在动物园做过一段时间饲养员，专门养大象，给大象洗澡。

我还见过，有意思！这手拿着皮管子，这手拿着一个恨不得两米长的大棕刷子。这边一手往大象身上浇水，浇完了以后拿着这长杆的棕刷子刷。象皮它厚啊，再加上它往身上扬土啊、沾水啊，好家伙，成一泥壳了。就往下刷，给象洗澡。

经常上北京动物园的朋友，您只要是夏天去，都能看见给大象洗澡，这也不新鲜，我要说的不是给大象洗澡，是给大象泡澡！人有澡堂子泡澡，大象也泡澡？嗨，大象专门有大象的澡堂子，也泡！您没见过吧？其实我也没见过。

不过呢，我听说过。

北京有个地方，在宣武门附近，叫长椿街。咱之前简单讲过，长椿街以前叫象来街，跟大象肯定有点儿关系。什么关系呢？这就得说到元朝去，比明弘治皇帝设演象所还要早。

元朝定都北京,那时候叫元大都嘛,现在北京还有元大都的旧址。那个时候元朝是个大国啊,这附近周边的,比如东南亚的那些小国家,得年年进贡,岁岁来朝嘛,每年派使臣来给皇上进贡。

送来好些东西。宝贝就不说啦,东南亚盛产什么呀?大象。所以大象作为东南亚属国的国礼,进贡给皇帝。最多的时候,皇上同时养了三十多头大象。养在哪儿呢?就养在宣武门象来街。

象来街有个象房,专门养大象。人家进贡过来三十多个大象,您说皇上再喜欢,他也不能像我似的开一动物园吧?皇上哪有这工夫,开动物园、养宠物、对外卖票?这不像话。但是皇上养这三十多头大象干吗的呢?还真有用,当安检!

据说大象这鼻子啊,嗅觉特别灵。这您能想象出来嘛,大长鼻子,它肯定嗅觉灵敏,而且它身量大,有劲儿。皇上把大象训练好了,就放在皇宫门口，放两排。文武百官上朝打那儿一过，都从两排大象旁边经过，大象就闻。闻着你身上要是带着刀啊剑啊什么的，闻出来了，鼻子一卷，当时就给你摔死！就那么厉害。

这是当保安，也有当了仪仗队的。有那国礼、大型庆典活动的时候，大象排着队，全副武装地披挂好了，漂漂亮亮的，在前边当仪仗队用。当时养大象就是这么用。

大象也排班儿。不是说三十多头大象一块儿搁宫门口，天天在那搞安检，不是，哪儿用得了那么多呀？所以得排班。今儿这几个，明儿那几个，轮班倒。有班的过来值班，没班的都在象来街那象房里待着。

那象房，就在现在新华社的那个院子附近。只要不上班，大象就在那儿养着，吃吃喝喝。除了上班，这些大象每年从象房里只能出来一次，干吗呀？出来洗洗澡。它不能老不沾水嘛，那么大身量，这一年一年地不沾水，馊的臭的，味儿也难闻，所以每年出来洗一次。时间就定在每年的阴历六月六。

六月初六，按节气说，基本上就在大暑以后了，正是一年当中最热的时候。出来洗一洗，去去暑气，凉快凉快，所以老北京又管六月六叫洗象节，专门洗大象。

那时候是个景儿。清朝甚至把六月六定为法定节日，那一天，大象穿戴整齐，漂漂亮亮的，从象房成队地往出走，出宣武门，往西。象本身个头就大，再排着队，您想想这多大阵仗？那时候动物园什么的都还没有，看大象排着队遛大街，那可是新鲜事儿！出宣武门往西，走到现在前三门大街跟长椿街北口交会的地方，那时候那里有内护城河，大象就在内护城河里边洗澡，这就是大象专用的澡堂子。

您想啊，大象本身就喜欢水，再专门有饲养员给它洗，大象自个儿也喷水，场面很壮观，又好看又少见的。本身中国人就有这爱好嘛，所以一到那天,所有人都围到那儿去,里三层外三层,看大象洗澡,看热闹。

看热闹的人多了,加上又形成了这么一个固定的节日,那些做小买卖的就随之而来了。卖花生瓜子的,卖针头线脑的,都围到那儿。有消费群体了嘛,做买卖的就上了,蜂拥而至。

一到这天,在宣武门象来街住的那些老百姓,专门有一个事儿:替全北京城的人放哨,就在那儿盯着那象房。尤其孩子们,早上起来就盯着,什么时候大象出来了,排着队漂漂亮亮地往出走了,孩子们就满城跑,边跑边吆喝:"象来啦,象来啦!"打那儿起,这地方就得名象来街。

一直到我小的时候,那地方还叫象来街呢,老人们都这么称呼,"上哪儿去啊?""上象来街!买个什么东西,找个什么朋友。"后来才慢慢改成叫长椿街。长椿街这名字的来由,咱前边说过。

小市，鬼市

清朝末年，养大象的资金慢慢不够，象来街就不养大象了，没象了。但是大象这澡堂子，内护城河还在啊，澡堂子里没大象洗澡了，护城河两岸围观的群众干吗了呢？嘀，人家把这地方利用起来了。

1985年，原来象来街这地方，自发地形成了旧货市场。有朋友说了，你不是要说文玩吗，闹半天改旧货了？这您有所不知，旧货这个词，涵盖很广，大到官窑瓷器、硬木家具，小到旧鞋、旧袜子，都含在里头，旧货市场里什么都有。

当然了，1985年象来街上自发形成这么一个旧货市场，也是有缘由的。它不是说我突然想起象来街来了，就在那摆个摊儿，不是。旧货市场在象来街也是一种传统。

1949年之前，北京有三大小市。德胜门外有个北小市，崇文门外有个东小市，再就是宣武门的西小市，都卖旧货。

什么叫小市？就是鬼市，顾名思义，闹鬼的！鬼什么时候出来？夜里呗。所以这鬼市一般都是天亮之前的几个小时，或者太阳落山以后的几个小时，都是在夜里摆摊儿，打着个手电，弄着个煤油灯，这么弄货。卖的也基本上都是二手货，旧货。什么都有，乱七八糟，想要什么有什么。

有好东西吗？有，高档货！

但是这高档货吧……一般情况下，来路不大明确，来路不正。您想，夜里摆摊儿，鬼市嘛，所以好些销赃的都上那儿去。销什么赃啊？要么是小偷、飞贼，穿房过屋，上人屋里偷来好东西，夜里就上这儿销赃来了。要么呢就是大户人家的少爷秧子，富二代、富三代，不务正业，吃喝嫖赌，亏钱了，没落儿了，怎么办呢？家里有那传的好东西，偷点儿出来卖。

小偷或者少爷秧子拿着这东西，他知道这东西值钱，但是他不知道好在哪儿，或者不知道这东西值多少钱，所以基本上算是不懂行的。您上鬼市要是碰上这些人，您再懂点儿行，就能从他们手里便便宜宜地买着好东西。所以大伙儿又管鬼市叫"捡漏儿"，有漏可捡！

1985年，象来街形成的旧货市场，传承的实际上就是西小市的渊源。同时期，北京还有两个跟它齐名的旧货市场。一个在现在的丽泽路，凉水河边上，那个市场以卖花鸟鱼为主，也卖旧货。第二个是哪儿啊？就是大家比较熟悉的了，现在德云社的旗舰店，天桥！从天桥我们那个店再往西走，有条街叫福长街，以前也是专门卖旧货的。

潘家园

到了80年代，就不许私自倒卖文物了。文物局对鬼市、小市这些有文物的地方进行了查抄。但是随着查抄呢，到80年代末，大家对文物、文玩慢慢地来兴趣了，人们手里也富了，愿意买点这些东西当作一个玩赏、品鉴。大家都对这个热情高涨，政府呢，也就改堵为疏，疏导它，让它合法化。于是，潘家园就成立了。

这是最有名的一个文玩市场，潘家园。有朋友说了，按着北京地名的套路分析，潘家园以前肯定是个花园，要不就是个菜园，本家儿姓潘！不是。潘家园还真不是花园、菜园改的，这个地名以前叫潘家窑，是个窑厂，专门烧砖烧瓦的。

北京周边窑厂很多。您再往南边走，有个刘家窑，很著名的一个窑厂，本家儿姓刘。您再往东边走，现在就是CBD，商务区嘛。非常繁华，非常高端，一说"上班在哪儿啊？""在CBD！"嚯，就显得比较高大上似的。实际上现在被叫作CBD的那个地区，我小时候那会儿没有这概念，那地方叫大北窑，也是个烧砖烧瓦的地儿！是日本侵华那时候开的。

有朋友又问了，这北京市里头，干吗弄那么多窑厂啊？嗨，现在北京市的概念是扩大了，以前窑厂占的这些地方,都算北京郊区。我小的时候,您一出西直门,外边就是野地了。北京,也就是二环里边这么大点地儿!为什么周边都安窑厂?北京得建设,得盖房啊,不能说我北京市里头盖个楼,从广东运砖来吧?所以得开这些窑厂,烧砖烧瓦,为的是建设用料方便。

包括更老资格的文玩市场,琉璃厂,就是以前专门烧琉璃瓦的地方。后来这窑坑搬到房山琉璃渠去了,这地方才腾出来,慢慢地改成了琉璃厂文玩市场。

您说卖文玩的、卖旧货的这些地方,干吗专门找窑厂当地址?嗨,宽敞啊,得折腾啊!那时候不像现在潘家园市场似的,都规范化了,一排一排的,那时候都是摆野摊儿。找块野地,弄块布,往地上一铺,一个小摊儿就成啦。大伙儿就逛啊,人挨人人挤人的,宽敞,方便。

您现在走到劲松、方庄、垂杨柳这一片,附近基本上都是矮的楼房,一看就像标准化的,跟二环里头的那些建筑不大一样。那些房，以前叫城市规划样板，说那些房盖得好！以后就作为样板，北京大部分的民房、居民楼就这么盖！

潘家园那时候也想这么弄，它就在旁边嘛，也想往好了学。都拆迁好了，弄成一片旷场、大平地，准备按照样板建楼房。文物部门都就趁着这个时间，利用周边都平了，但规划还没出来的这个时间，把几个自发形成的小的旧货市场集中到一起，"你们也别散摊子了，咱们统一经营，统一管理，做生意"，形成了这么个潘家园旧货市场。后来阴错阳差，一直到1991年才正式挂出"潘家园旧货市场"的招牌，等于是做了备案、政府承认了的。

从此以后，潘家园的名气越来越大。不光是一个卖文玩旧货的地方，后来就发展得跟旅游地似的了，外地人，甚至外国人，来北京旅游都得上潘家园转一圈，看看这派繁华，买一些文玩作为纪念品。

潘家园火了以后，才出来广州西关、西安朱雀路、南京夫子庙这些地方，都是按着北京的潘家园这路数来的。

周末潘家园，周四报国寺

2015年以前，北京文玩界有这么一句话，叫"周末潘家园，周四报国寺"。就是说周六周日的时候，您就去潘家园，那地方周末热闹；周四呢，您去报国寺，那地方是周四热闹。

后来专门问了问老人，周四人都不休息啊，为什么这地方周四热闹？老人就说，报国寺的四周围，那时候有几个国营的大厂，那些厂是周四休息。厂子的职工都住那附近，所以报国寺那边周四热闹。

有朋友说，怎么报国寺又出来个文玩市场，怎么个意思？嚯，报国寺这个点儿，追究起来，资历可能比琉璃厂还老。

咱们国家很早就有庙会。清兵入关以后，满汉分城，满族人跟汉族人不能住在一块儿了。满族人守在内城，就是东城西城；汉人呢，给划到南城去了，就是以前老的宣武、崇文两区。那些做小买卖的，都给划在南城。

明朝时北京最有名的文化市场在灯市口——这说的是明朝了啊。灯市口，主要是卖书，那里的旧货以旧书为主，都是文化人、学生到那儿去。为什么设在灯市口呢？因为离崇文门的贡院近。贡院，那是天下举子都来考试的地方，所以把卖旧书的市场搁在灯市口。

那时候北京有句老话，叫"臭沟开，举子来"。每年阴历三月，开春的时候，那时候北京有个惯例，一开春，化冻了嘛，就掏地下的臭水沟。这个时候，举子们就过来考试了。

您想，那文人举子，就相当于现在的大学生，学问人嘛。他不像家庭主妇似的，来了以后天天跟家做饭，"咱们今儿炸酱面，后儿烙饼炖肉",不是!上菜市场买菜买肉?没有!人家过来就是文化消费。到了这儿,吃住都有固定的地方,想吃什么吃去,吃完要逛逛呢,就逛文化市场。买些书啊,买个纸墨笔砚啊,就上灯市口。

随着清朝入关,满汉分城,灯市口的文化市场就迁到了报国寺。明朝是在灯市口,属东城,到分城的时候灯市口待不了了,"你迁南城去吧,迁报国寺去吧!"迁到报国寺,又红火了一百多年。直到琉璃厂崛起,成为文化市场的典范,报国寺才给冲淡了,从此以后不太为人所知了。

一直到1997年,潘家园带动了全国的文玩热,火了,报国寺这才心说,咱们以前也是个老点儿,咱们也得折腾折腾啊?这才举办了第一届钱币博览会。嚄,这一下,就站到高端了。因为钱币、邮票在旧货里比较高端。从此以后,钱币邮票博览会恢复了。当然了,开始的一两年还比较高端,后来也就什么都卖了,毕竟玩钱币、玩邮票的相对来说还是小众,后来就随着大家的需求变，什么都卖。

要的就是那氛围

潘家园，我不知道您哪位去过，我估计去过的居多。您到潘家园，第一印象就是乱！人挨人，人挤人。要是骑个自行车，基本上走不动道儿，就得推着。实际上，我倒是挺喜欢这种氛围，老北京讲"逛小市儿"嘛。逛小市，您还走哪摊儿上都排队？你看完了我看？那就没意思了！

逛小市要的就是这氛围。小市有小市的规矩，虽然不排队，但是您也不能抄起来就问多少钱，有先来后到！人家拿起来这东西，只要他不撂下，您永远不能问价，这就是规矩。非等他撂下了，证明他不要了，您再把这东西拿起来："老板，这我要是拿，多少钱哪？"有很多类似这种不成文的规矩。您要打破了这规矩，就容易打架，人家看不惯您！

这种氛围,看着乱,实际上它有自己内含的规矩。但要说乱,确实是乱,容易出事儿。那种乱乱的环境下,就难免有个小偷、扒手混在其中。

乱了容易出事,规范了又没意思,这就是个矛盾,是个遗憾,不能两全其美。

老国营信托商行

我小的时候,潘家园还没有,报国寺也让琉璃厂给冲淡了,要是想买个文玩、旧书,上哪儿啊?那时候有信托商行,老百姓也叫委托商行。实际上就是国家开的当铺。

私人开的当铺,它坑人。相声里边也说过,新皮袄拿过去,明明值十块钱,他拿过去说什么虫吃鼠咬啊,光板无毛啊,最后给您三块就算不错了。这国家开的当铺呢,专门为了促进旧货流通,有行家给您掌眼,不是说您要卖东西他给您特别往下压价。当然了,人家这买卖也不能不挣钱,但是他不黑心,该多少钱差不多就给您多少钱。

而且,买卖东西都得拿着户口本、身份证,到那儿登记去。登记干什么呀?有问题的时候他找您!比如他的货卖给您卖假了,他找您去。您上他那儿卖东西也是,他收您东西收错了,也找您去。他承认错误!

有那老太太,缺点儿活钱,把手上戴的银镯子给卖了。那边收了,这小徒弟可能眼神不是太好使,多少多少钱把这镯子收了,把这钱给老太太,老太太也回家了。小徒弟拿过去给师父看,师父一看:"这不是一般的银镯子呀,前清留下来的,比一般的银镯子可厉害,可值钱。你哪儿收的呀?"拿过来登记本,查登记的地址,按地址找回老太太去了:"您这镯子呀,给钱给少了,还得再给您补点儿钱。您这是老镯子!"您瞧,人家讲究信誉。

所以您买东西的也不打眼。不会说这前清的

东西，他按现在的价卖给您，或者现在的东西他按前清的价卖给您，这都不可能出现。

我小时候，信托商店里所谓热门的东西，大伙儿都愿意追、愿意买的，主要是自行车、瑞士表这种，买古玩的少。那时候很少有人认这古董、古玩。

但也有个别喜欢这个的。那时候在信托商店里，二十块钱买一套官窑的瓷器，有过；五十块钱买一堂硬木家具、红木红酸枝的，大有人在；赶上命好，买这么一套家具，再从抽屉里翻出一包金银首饰来的，也有！嚯，那就抄上了！

这就是信托商店。后来慢慢地这种信托商店也少了，但少了归少了，现在还有，北京可能也还有这么几家。您要是碰上这样的信托商店，也可以进去转转。当然了，现在您打算抄那种便宜可能够呛，到那儿去转转，体验一下那时候的氛围，我觉得还是可以。

减肥

这两天热得不行。

每年到这个季节,就开始了。开始什么呀?姑娘小伙开始秀身材了。大街上,姑娘们连衣裙、紧身衣,小伙们背心、短裤,各种肌肉就开始秀,好身材层出不穷。

说到这儿,就想起我们德云社来了。我看网上有朋友给我们德云社一个评论:减肥天团。就是说很多小伙子,开始是一小胖子,来的时候体形不好,到了德云社以后怎么样怎么样,就把体形塑得特别漂亮,肥肉也下去了,肌肉也出来了。不是一个人,成批的孩子们都这样,造就了一批小帅哥。

我也想。岁数大了也得美啊,不能老这样啊,问问孩子们呗,你们怎么减的呀?所有孩子都跟我说:"大爷,您这……别介,算了吧,您吃不了这苦!"

我说怎么吃不了苦?你们能减我也能减,我有毅力!

他们又说:"没别的,您就练!管住嘴,迈开腿,少吃,多练!您一定坚持,一个礼拜俩礼拜这不管用,一定得坚持下去,让少吃、多运动成为您的生活习惯,慢慢慢慢地,您就好了!"

少吃多练?我说行吧,我试试!

减肥的历程

其实减肥啊,整个历程我都经历过,最早90年代健美操那班儿,我也报过。因为说实话,我长这么大,就是跟肥胖作斗争这么过来的。

减肥,说起来其实就是从90年代开始的,这在中国还算个新生事物。90年代开始有健美操这种班,代表人物叫马华。我这个年龄的,基本上都对马华有印象。她自己有健身房,还上健美操的课,本身又是世界上健美操界够级别的人物。

马华跟我的关系还不远,我们都管她叫大姐,以前是我们北京曲艺团的演员,后来人家在这方面有成就了,那时候电视上老有她的讲座,"天天跟我做,每天五分钟"嘛,那时候的人都知道。就是每天电视上播她五分钟,带着大伙儿练健美操。那是90年代。

有朋友说,再往前呢?再往前,日子都不是很好过,那时候穷人饥一顿饱一顿,稍微好点儿的刚能吃饱饭,谁都没有减肥这么个概念。好容易吃进去了,再给嚼瑟出来?吃不饱还减什么肥啊?

您说再往前?再往前,倒是有这么个传说、记载。有这句话嘛,楚王好细腰,宫人多饿死。这话推出去就远了，战国时期，楚灵王喜欢瘦子，喜欢小细腰、苗条的，所以宫里从皇后、妃子到宫女，都减肥。不单女的，男的也减，要不楚王他看见胖子恶心啊，他不待见你啊，所以大伙儿都减。

除了这楚王的记载，实际上按中国古代的习俗，人是不喜欢瘦子的。瘦子，包括现在的肌肉男，细腰乍背的，都没有，不喜欢这类的。古代所谓的富态、福相都是胖子。您像老北京，老话不是说吗，"天棚鱼缸石榴树，先生肥狗胖丫头"。您想嘛，狗都得肥的，瘦狗都不成！还有说这瘦人"两腮无肉奸无比"，都是奸诈之人！

所以说对这瘦子呀，古代人不喜欢。包括您看各种年画，大胖小子抱一个大寿桃、大春联、大金鱼，都是大胖小子，没有说一特别瘦的小孩儿，没有！再包括咱们的门神，秦琼敬德、神荼郁垒，画的都是挺胸叠肚的胖子，福相嘛。

所以说，这减肥是90年代才刚开始，还不是中国发明的,是外国人传进中国来的。

减肥皂,减肥茶

那时候减肥有好几种方式,最早的是一种减肥的香皂!美国人发明的,宣传语这么说:洗掉肥胖和年龄。不用节食,也不用运动,用这肥皂就行!实际上真的管用不管用,我也没试过,咱不瞎说,反正那时候有这么一个。

后来这劲儿就过去了,没几年,就又开始流行减肥茶。这减肥茶我倒真喝过,要不怎么说我是一直跟肥胖作斗争过来的呢?

早期的减肥茶,实际上里边大部分的成分是泻药。吃得饱不饱不知道,拉得反正不少。吃完就受不了了,就得奔厕所。一天去好些趟,都排出去了,这人能不瘦吗?但您这药一停,不泻了,不又胖回来了吗?

那时候就有好些个实例,女孩儿们男孩儿

们都甭说啦,沏上减肥茶,刚喝了半杯,受不了了,奔厕所了(这玩意儿快啊,泻药它还不快吗!),这一去时间就挺长。父母那时候穷日子刚过来,一到这儿,"嚯,沏上茶喝半杯就不喝啦?多浪费啊,剩茶根儿我喝了吧。"爸爸给喝了,或妈妈给喝了,家里厕所就不够用了。

早期的这玩意儿,泻药的成分最多,后来它慢慢就发展了,泻药没有了。我吃的减肥胶囊,就是后边这产品,我有自己的体会。

一天吃三顿。每顿饭前,一个小时或四十分钟,吃。吃完了这个,就四粒儿胶囊啊,吃完真不饿!我当时还说,哎哟这个药真好,每天马上要吃饭了,饿得都不行了,吃这四粒儿,饱腹感就起来了,不饿了!到饭点也没食欲,不想吃。那时候还真是强迫自己,"吃点儿吧,也不能一口都不吃啊!"吃点青菜,过去了。

但是吃了大概有三个月,胃就不行了。到吃饭的时候甭说不饿,还恶心!后来就开始吐。后来把这药停了,还是吃什么都恶心、都吐,胃就伤了。好家伙,减肥药吃了三个月,养这胃养了半年多。后来大夫说,你这不能吃,这种东西还是不行,不说是骗人吧,最起码还没有真正研究到位,你再等等吧。

这是那时候的减肥茶、减肥药。

健身操

后来呢,就又发展出来了减肥操,又叫健身操,就是说马华。那时候练的多数是女同志,因为这跳操嘛也不是太适合男的。女的多数练这个,男的呢,还是得搭配着器械练。

嗨,那时候刚流行健身操的时候,不单拿它健身,哪怕舞台上,一帮靓丽的少男少女上台表演个节目,也都表演减肥操。更何况是在健身房里边,一个大的场馆里,好几百人跟着教练一块儿练健身操。这也是当时的一道风景线。

这女孩儿们都穿上健美裤，显线条啊，实际上反正就跟打底裤那么个意思差不多（这个我不懂啊），上身儿肩带挺宽，跟游泳衣似的，下半身是健美裤。嚯，女的爱练，男的爱看——真围一圈男的跟那儿看！

男的不练吗？也练。男的练，就是比较传统的那种练法了，我感觉这种练法是从中国传统武术里边的健身那里化来的，什么呢？举石锁、石墩子，那时候就这么练。

真正的健身房，什么时候传到中国的呢？那是1871年，美国圣公会在武昌创办了文华书院，就是今天华中师范大学的前身。有记载，这个大学里是最早配备西式健身房的。从那儿开始，举石锁、石墩这种传统练法慢慢地淡了，大家伙儿健身都到健身房去。

过午不食

现在年轻人又流行一种减肥方式,叫过午不食。这个……我不是很能理解。怎么叫过午不食呢?顾名思义,过了中午就不再吃东西了。最起码吃完午饭,下午、晚上连带夜里睡觉前,就什么东西都不再吃了。喝水可以,吃东西不成。

这个我也尝试过,还信誓旦旦:"中午吃,咱们该吃什么吃什么!我现在过午不食,中午吃完这顿饭我就不吃了!"大伙儿就起哄:"行!我们看看您这减肥成功与否。"

过下午三点,饿了。

思想就有点动摇,心说:我这岁数了,还跟着年轻人过午不食……这想法是好的,毅力咱也有,但到底适合不适合我这个身体状况啊?到底适合不适合我这个年龄段啊?我要是坚持下来,能不能对身体有好处啊?别到时候减肥不成,再弄出病来。——我啊,这么着吧,晚饭也别死乞白咧的,我少吃!就吃点儿肉,稍稍来点儿肉!这动物蛋白还是要摄取的……青菜也得吃,你不吃碳水化合物,不吃动物蛋白,还不吃点维生素啊?青菜没关系!少吃点肉,多配点青菜。——炒着吃不行,油太大,另外一点儿碳水化合物不吃也不行,咱少量来点粮食。——这么着,我支个锅子吧!涮点肉,涮点菜。支上锅子,你不得喝二两?喝点酒没关系,稀的,不胖!最后再涮点儿火锅面……

"您这不还减肥呢吗?"

"今儿吃饱了就完,减肥那是明天的事儿!吃不饱,谁还减肥啊?哪儿有力气减肥啊?!"

把减肥的这茬儿就瞒过去了。

后来我一想,也是,就我这岁数了,本身之前就是暴饮暴食过来的,再跟着孩子们一块儿过午不食?真这样,我就不是过午不食了,我就过不了午时了!别跟他们练了。这人还得因人而异。

吃肉减肥

还有各种方法呐,包括什么香蕉减肥法啊,保鲜膜糊肚子啊,喝醋啊,抹辣椒水儿啊……

还有一个我印象最深的,吃肉减肥!

我不知道谁传出来的那时候,说得挺有道理:吃肉能减肥,吃肉不长肉!您瞧,我还真信了。说这主要的让人长胖的,就是碳水化合物。碳水化合物是什么呀?不就是粮食嘛,你不吃粮食不就完了嘛。光吃肉,不吃碳水,你就减肥了!

后来我一查,还真有这么一位,不是中国人,是美国人,叫艾特金斯,是一大夫。1955年,美国这艾大夫就是这么个想法:碳水化合物只要不摄取,吃肉怎么的都没关系!带得欧洲人也学,美国人也学。

美国人胖的多。美国人他们好吃那甜的,高营养的,什么奶油啊、芝士啊,都弄这个,所以外国人胖的多。你全德云社现在也就一个孙越是胖子，孙越到了美国，那不叫什么，苗条着呐！所以美国人也跟着艾大夫一块儿减肥，风靡一时。

一直到2000年左右，这吃肉减肥传到中国了。传到中国，大伙儿跟着一块儿练，慢慢风靡了一阵儿也就过去了，所有人也就没再关注后面的消息。后边什么消息？2003年4月8日，七十二岁的艾大夫出门会客去，一脑袋就扎在地上，死了。验尸报告传回来，艾大夫怎么死的？心脏病，血压高，长期吃肉造成的。死的时候体重二百三十二斤，一点儿没减！

健身

节食加运动这个理念，正经是谁提出来的呢？也是外国人。公元前3世纪，古希腊，这也是位大夫：希波克拉底。他在入职宣誓的誓词里，提出了节食加运动的理念。

锻炼嘛,就是为了个健康,强迫着自己去。一强迫了呢,这人就是这样,不管是谁强迫,哪怕就是自己强迫自己,到最后他都有一个活动心眼儿的地方,不管找出什么理由来,今儿这事都可以另论:"今儿太热,别活动了;今儿太凉,算了吧,不跑了;今儿刮风;今儿空气不好;今儿雾霾……"不管什么事儿,反正只要找点理由,这事就另论。这就是自己给自己的一个放松,自己给自己一个台阶儿下。

这个不好,健身就是要坚持。还是那句话,管住嘴,迈开腿,控制饮食,加上运动。您说控制饮食就能瘦?那不行,控制饮食瘦的那个方式方法不健康,所以还得吃,还不能多吃。吃完还得动,把您这些热量消耗下去。

我曾经还真去过一段健身房。

一段是多长?嗬,时间不短,三年。

我还真坚持了三年,一般情况下一周去三

次,要不一三五,要不二四六,隔一天去一次,还是准去。不单去,有的时候约个教练,你比如一买就三十堂课、五十堂课,这样有教练在那儿等着你,你跟教练约好了每周一三五准去,你再犯懒的时候,就能给自己一个小鞭策,"不去不行,教练在那儿等着我呢!"有一人儿在那等着,你就不好意思不去。

再加上我们演出基本上也都是晚上,文艺界的人早起的少,我还算起得挺早的,每天早上基本上八点多钟就起了。起了,跟教练约个十点到十一点的课,十一点下了课,洗个澡回到家正吃午饭,什么事儿都不耽误,我觉得也挺好。

我练了三年,器械、有氧,都练。跑步机上走上半个小时,把身体弄热了,微微有点儿见汗,然后就按着教练制定的训练计划,跟教练一起,今儿练哪个肌肉群,明儿练哪个肌肉块,嗬,您别看没练起来,但我现在也半个行家——谈不上啊。反正知道点儿,这个东西怎么练啊,怎么能够动作正确啊,还都能讲一番,能说一气。

跑步

我也跑过步,曾经跑过两三年。

我跑步姿势不太正确,人说姿势不对伤膝盖,磨损半月板,所以您瞧,我为了不伤自己身体,就调整了一下步伐,专门参加了一个跑团,叫YES跑团。这是由我们的朋友组织的,里面很多新朋友、老朋友,有的时候大家在一起跑跑步,锻炼锻炼身体。隔一段时间,有这么一次活动,去到什么奥森公园啊,或者找一个山清水秀的地方啊,或者找一块适合跑步的场地,专门有专业的跑步运动员来教你姿势、陪你跑步,挺好。

一般情况下,我们起步是五公里。跑到五公里,才能起到一个出汗、消耗的作用。如果您要是跑不到五公里，那也没关系，您跑完两三公里稍微走一走，走上三五分钟，您再接着跑，怎么的这一次训练也得到五公里。跑得也不快，慢跑，这样心肺功能也没有太多的负担。一边呢，有人给你说着姿势，陪着你跑，陪你聊天儿，一边你再调整自己的步伐、呼吸，这样就能减轻你的压力。要不让你一人儿咬牙瞪眼往前跑，又枯燥又难受的，慢慢地你这兴趣也就没了。大家一起跑，这种方式可能更有助于你能坚持。

我在那儿也不错，坚持了两三年，还参加过几次活动，我觉得挺好。但后来呢，又坚持不了了。怎么呢？越练越懒，再搭上有点事儿，你说正赶上这段时间忙了，俩仨月不在北京，那你没办法了，参加不了训练。这一不训练了，等你再回来，哎哟，身体素质就下去了，这懒劲儿就上来了，老给自己找借口了又开始。

坚持训练那阵子，嚯，那时候真行。我是起步五公里，最多能跑到十公里，跑完十公里以后就……当时还能走,回到家以后就浑身疼,疼个三四天,身上不疼了,腿也不疼了,脚踝开始疼了!老是不好。教练说:"谦儿哥,你跑过了,跑伤了!"这运动的事儿啊,不能太猛,得循序渐进。您说我现在兴趣来了,我玩儿命!这不成。您一下跑这么狠,身体它受不了,所以这运动也不能猛。

那时候训练我挺喜欢跑步的,尤其是户外。在健身房我有时候也跑,在跑步机上也坚持过一段时间,那个太枯燥了!哎,你到户外相对就好一点,随着你往前跑,各种草地啊,树木啊,人群啊,都在变化,一切事物在你身边都是活的,你随处可见的都是景色,同时再有个朋友聊聊天。哪怕是一个人跑,你看着这些东西,它能给你脑子带来一些想象,能有助于你尽快地度过这个时间。

所以我觉得户外可能更适合我。一般我要跑呢,都是夜跑。白天晨跑坚持不了,尤其我们这工作性质，每天晚上演出，有时候很晚，第二天早上起床就很费劲，所以一般我就夜跑。

夜跑对于我来讲相对就好坚持，演出回来得再晚，哪怕十二点多钟到家，换身衣服也可以跑嘛。家门口、马路边、街心公园，夜跑也有景色呀，月光、树木、路灯，各种景观。而且夜跑的时候你还能想一些事儿，对自己工作啊，学习啊，朋友啊，家庭啊，孩子啊，各种各样的事情，你可以利用跑步的时间来思考思考，后边的事情应该怎么做，给自己计划一下。我觉得只要你脑子里能想点儿东西，眼睛里你能过点儿东西，它都特别有助于你尽快度过这段时间，暂时忘掉身体上的疲劳，有助于你坚持。

那段时间身体是非常的健康，爬个楼，走个路，上哪儿去都不觉得累，不觉得疲劳。

德云社烧饼，这孩子练得不错。我觉得他就是有恒心，能坚持，能吃苦，能咬牙。这一咬牙，嚯，这可真需要。您要练到像烧饼那个体形、那个肌肉,我觉得您真得能吃苦,能咬牙,能坚持。

嚯,那看他练……可真是苦,那个甭说让我练,让我看,都得咬牙,都瘆得慌!一练就一地的汗——不是一身汗啊,身上那汗都滴下来,整个从上衣到裤子全湿了。跑着跑着,跑上一个小时左右的时候,那汗就往下滴。他说他也跑不动,但是他跟我说过,就是在你跑不动的时候,你要是能再多练一会儿,就那一会儿,是最消耗你的,是最练的,是最甩脂的。

那是真狠,对自己真狠!

闲白儿

说话是件挺好玩的事儿。

我说的这个"说话",指的不是那种职业性的、每天都得当个营生干的说话。有朋友说了,什么叫职业性的说话?您比如说,好多外地朋友来北京旅游、办事儿,出了火车站,换上公交车。一上公交车,马上就能发现北京公交车的售票员,说话特别有特点。

什么特点呢?就是北京人说话的这么个毛病,说话吞音吃字、乌里乌涂,嘴里就跟含了个乒乓球一样,上嘴唇基本不碰下嘴唇,光是舌头在嘴里边鼓涌着,具体说的是什么,九成的意思您得靠猜。

比如说,外地朋友下了火车,出了北京站,想上王府井遛遛去。上了公交,就能听见售票员这么吆喝:

哎,王五井儿,王五井儿啊,两块,两块,上车刷卡,没卡的投币啊。门口儿那师傅,您往里边挪挪,后头还空着呢,有座儿;背大包的师傅,您再上一步儿,再上一步儿,稍微使点劲儿上来,这不就走了吗。哎,得嘞,关门儿,走了啊!哎,王五井儿,王五井儿,下一站王五井儿啊……

您瞧,王府井不说王府井,王五井儿!我看网上有朋友评论说,北京的公交售票员报站,那可以说是世界第九大未解之谜,打死你都听不懂!好多头回来北京的朋友,觉得北京的公交售票员架子大,说话故意不说清楚,难为人。

其实不是。什么事儿都怕换位思考,您可以调个个儿想想,就算是在北京上班的朋友,顶到头儿,每天最多不也就早晚坐两回公交车吗?人售票员呢,工作就是跟车上待着,每天最起码儿待八个钟头。

这八个钟头,干待着也不成啊,嘴里还得老嘚啵着。嘚啵嘚、嘚啵嘚,连着说八个钟头,是个人都得觉得烦,觉得累。您说话再稍微乌涂点儿,侉一点儿,不走丹田,纯用气声儿,能省点力气,保护嗓子呀!不就这样了吗?

平地抠饼

说相声也是这样。我们有个经典段子叫《反正话》,开场不就说了吗,相声是一门语言艺术,讲究说学逗唱。相声演员站在台上说学逗唱,往大了说,那叫艺术;往小了说呢,就是个工作,为的是把各位衣食父母逗乐了,挣个自己每天的嚼裹儿。

两个相声演员往台上一站,表面上您看嘻

嘻哈哈，实际上呢，这俩人有什么心烦的事儿，有什么苦事儿，您也看不出来。我和郭老师说过段相声，叫《房塌了》。说的是听相声能让人开心，笑一笑，十年少。不光听相声的开心，说相声的也开心，哪怕说房塌了，家里人跟里边儿全砸死了，只要上台一说相声，哎，就全忘了。

郭老师这么说，也是为了逗您一乐。现实生活里，谁能有这么大的心肠啊？只不过作为相声演员，职业就是靠说话吃饭，自己的喜怒哀乐不能在台上表现出来，不能让您感受到。让您感受到的，只能是阳光和快乐。

我记得90年代初，有电视台记者采访我们的老先生，说您怎么能从过去一个街头撂地的艺人，变成今天的艺术家的呢？老先生说过一句话，非常经典："一个字，饿。"

喜欢听相声的朋友，经常能听见这么种说法：过去的老先生在天桥儿撂地卖艺，那叫"对面拿贼，平地抠饼"。平地抠饼，这说法怎么来的呢？以前老天桥卖艺没有舞台，大马路边儿上、买卖铺户门口儿，只要有块空地，不碍事，您就能演。

艺人看准了哪块儿地方，打算今儿就跟这儿演了。那时候也没有粉笔，就拿块白灰疙瘩，再不就是画石那一类的东西，跟地上画个白圈儿，自己站在圈儿里边演。行话管这叫画锅，又叫画饼。

平地扣饼，意思就是说，艺人做的本身是没本儿的买卖，必须纯靠自己连说带演，把观众兜里的钱说到自己兜里来，只有这么着，才有饭吃。要不您就得饿着，就是饿死了也没人管。

侯宝林大师回忆自己年轻刚出道那会儿，挣不着钱，真就吃不起饭。每天夜里躺在炕上睡觉，半夜能给饿醒了，饿得来回跟那儿烙饼，就是睡不着。睡不着？睡不着也没办法！第二天早上起来，您照样儿还得上天桥画锅、平地扣饼去，要不还得饿着。

肚子饿得叽里咕噜，老肠子、老肚子都拧在

一块儿了,脸上呢,还得乐吧唧的,嘴里还得连说带唱,站在圈儿里说相声。您想想,那是什么滋味儿?这种职业性的说话,听的人可能觉得有意思,对说的人来说,真不见得是什么特别好玩的事儿。

东方朔

就拿我们相声行的祖师爷东方朔来说。为什么相声行的人把东方朔当祖师爷呢?因为这位老先生,特别能说会道。拿现在的话说,就是汉朝的脱口秀达人,当之无愧的国嘴!成天介把脑袋别在裤腰带上,跟汉武帝那儿逗咳嗽玩。

刘宝瑞先生的经典段子《君臣斗》,好多朋友都听过吧?讲的是刘墉刘罗锅儿,肚子里揣着三本儿坏账,没事老爱跟乾隆皇上逗咳嗽。那里边的好多故事都是老先生们艺术性地加工、编出来的,没有几件真事儿。

东方朔跟汉武帝逗咳嗽的事,好多可都是真的。比如有本古书叫《读史方舆纪要》,里边就讲了这么个故事。说的是汉武帝到了晚年以后,跟秦始皇一样,特别怕死,到处求长生不老药,买保健品!也不知道怎么回事,这哥们儿听说巴陵,就是今天湖南岳阳那边,出产一种仙酒,人喝了立马儿能成仙,长生不老。就派大臣拿着钱,千里迢迢跑到巴陵买了这么一坛子酒,背回长安来了。

东方朔觉得这事儿纯粹就是瞎掰,但是呢,他又不好直接劝。愣劝,这也不成!等这坛子酒运到长安以后,汉武帝安排御膳房,弄俩小菜儿,正打算开喝的时候,东方朔抢先一步,咕嘟咕嘟把一坛子酒全给干了,连底儿都没给汉武帝剩。

汉武帝当时就急眼了,下令殿上的金瓜武士打掉东方朔的乌纱帽,推出午门,斩首!他说归说,东方朔这边打了俩酒嗝儿,慢条斯理地跟汉武帝说:"陛下且慢,您不能杀我。杀了我,您可就倒大霉了。"

"怎么的?"

"臣喝了您的酒,不但无罪,反而有功,应该给予重奖。"

这汉武帝呢也是倒霉催的,非要跟东方朔掰扯掰扯:"我自己花的钱,大老远买回来的酒,厨房那菜还没炒得呢,就让你给喝了,结果喝了你还有功?那你给朕说说吧,到底怎么个有功法儿。"

"陛下您想呀,这酒,是从外头买回来的,您也不知道里边下药没下药,兑没兑工业酒精,过没过保质期,到底管用不管用。臣先替您尝尝。这个酒如果真是仙酒,真管用,我喝了就能成仙,陛下就是想杀,也杀不死我。您要是真说咔嚓一刀当场就把我给剁了,那就说明这酒不是仙酒,喝了没用,您杀我就算杀错了。臣从此青史留名,陛下呢,多少年以后大伙儿都得说您是无道昏君。反正我话就说这么多,到底该怎么着,您看着办。"

汉武帝觉得,东方朔套忽悠的这套词儿啊,听着好像也挺有道理!干脆就坡下驴,这件事也就算了。

东方朔能言善辩,两行伶牙俐齿,三寸不烂之舌,诙谐幽默,跟后来说相声的一样,吃的全是开口儿饭,所以我们相声行才把他当成自己祖师爷。其实不光我们相声行,整个东西两汉前后四百来年,好多读书人都把东方朔当成那个时代最牛的脱口秀大咖、自己的人生偶像。

直到三国、魏晋年间,会不会聊天逗咳嗽,还是衡量一个人有没有才华的重要指标——听起来,和今天有点儿像?当时,谁的口才好,谁就是大伙公认的才子。当然了,那时候的聊天也不能叫聊天,有个专门的说法,叫清谈。

什么叫清谈呢?说白了,就是几个读书人,夜里不睡觉,"熬鹰",坐在一块儿侃大山,玩辩论赛,互怼、互撕。原则上,谁对谁错都没关系,就看谁的口才好,谁能怼得过谁。您看《三国演义》里边,周瑜周公瑾,火烧赤壁,那也是"遥想公瑾当年,小乔初嫁了,雄姿英发,羽扇纶巾,谈笑间樯橹灰飞烟灭",几个朋友聊着大天儿、扯着闲白儿,就把正事儿给办了,不就是这意思吗?

大兵黄

提起我们相声行的祖师爷东方朔,我就想到了北京的老天桥儿。这片地方,可以说是全中国相声的起源地,也可以说是中国现代脱口秀的起源地。

一百零三年以前,1917年6月,辫帅张勋带着辫子军,开进北京城,折腾了没多少日子,又让人给打跑了。当时张勋的队伍里,有一个姓黄的老兵,大概从甲午战争那会儿就参军了,一直没让退伍。后来年纪慢慢大了,枪也扛不动了,觉得北京这块地方不错。辫子军撤了以后,这姓黄的老兵就留下没走,在老天桥找了个地方卖砂板糖,每天赚几个钱养老。

什么叫砂板糖呢?就是白砂糖里边加上点儿砂仁、豆蔻这些东西,熬成糖浆,然后倒在模子里冷却,弄出来一块一块跟瓷砖大小、薄厚差不多的糖块,拿手指头一弹,还当当带响儿。这种糖跟薄荷糖的意思差不多,有点儿清咽化痰的功效,像我这样抽烟的人吃,有点儿好处。眼下老天桥那边还有卖的,您要是有机会路过,可以买两块尝尝。

北京卖东西,都讲究得吆喝呀,卖砂板糖也吆喝。姓黄这老兵呢,多半辈子扛枪打仗,压根儿没干过这事,不会吆喝。按说,不会吆喝,你现学不就得了吗?人家黄老兵不学,开天辟地,另创乾坤,自成一家!人家每天把装砂板糖的箱子往那一放,自己跟地上一坐,直接就开卷。开卷是老北京话,什么意思呢?骂街!走的全是一七辙、发花辙,来不来的就问候别人大爷。

您甭看他是骂街,喜欢听的人还不少!您瞧,每天就有那固定的观众群,跟那儿等着黄老兵出摊儿,买不买砂板糖无所谓,就为了听他骂街。久而久之,姓黄的老兵骂街还骂出名儿来了,得了个外号叫大兵黄,现在来说算天桥八大怪之一。

有朋友就问了,骂街还能骂出名儿来?那我们街坊邻居老太太早就出名了!这事儿,您有所不知,骂街跟骂街,水平也不一样。人大兵黄骂街,那可以说是紧跟时事。那时候,北京当地要是出了什么不平的事,您甭着急,用不了几天,您就能从大兵黄的嘴里听到,人就能给骂出来。用现在的话讲,这就相当于是脱口秀新闻。

有句老话怎么说来着,公道自在人心。老百姓普遍都有个基本的是非观念,好多人看见世间的不平事,心里都不舒坦,只不过敢怒不敢言。大兵黄不管那套,上到当时的大总统曹锟,下到他们家邻居二大伯,只要是办错事儿了、看着不公道了,他就敢卷。老百姓站在边上听他骂街,就跟吃了凉柿子似的——嚯,心里痛快!我不敢说的你给我说出来了,说到心坎儿里了,讲述的是咱们老百姓自己的故事!

百姓故事,实话实说

"讲述老百姓自己的故事",这句话是央视1993年开播的《东方时空》节目里一个版块的宣传语。我记得配合着这句话,还有这么一段单弦儿曲子,京腔京韵的,特别好听。现在您熟悉的好几位央视名嘴,差不多都是从这档节目起家的。

脱口秀这个说法,大概是2000年以后才从洋人那边传过来的。1993年还没有这个概念,当时的说法叫电视新闻访谈类节目。《东方时空》里边有个小版块,叫《生活空间》,后来改版叫《百姓故事》,讲的都是普通老百姓的故事。比如像北京什刹海边上,特别有名的百岁剃头匠,靖奎靖老爷子,拍过电影《剃头匠》,那位就上过咱们《百姓故事》。

《东方时空》节目开播三年以后,突然有好多人,每周日晚上九点一刻,固定追一档节目。据央视数据统计,那时候全中国每十个人里边,最起码得有六个半,每周日晚上都追这档脱口秀节目。哪档节目啊?《实话实说》。

直到现在,还有好多人跟那儿琢磨,你说二十多年以前的中国人到底中了什么毒?每周日晚上放着电视剧不看,非得听一老爷们儿,按黑土大叔的说法,还是个长得挺磕碜的那么一老爷们,跟那扯闲白儿?

这些年,脱口秀节目又开始火了,基本上归类是综艺节目。也不往大了说,都是老百姓家长里短的事儿,比如"要不要996""爱是不是一种绑架",而且一堆人一起说、轮流说,大伙儿还能发表评论。这叫全民脱口秀。

包括我做的《谦道》节目也是这样。我看大伙儿评论,用得最多的字眼儿就是"有生活""接地气儿"。这其实就是当时我们做这档节目的理念,不玩儿那些玄的、虚的,就是讲讲发生在我身边的事儿,也是发生在您身边的事儿。我说,您听,咱们跟街坊邻居一样,三伏天儿,坐在大槐树底下摇着蒲扇,喝着茉莉花儿茶,侃侃大山,扯扯闲白儿。不就是这样吗!

我作为说的人,说得挺高兴;您作为听的人呢,听得也挺高兴。高兴之余,多少再能有点收获,受点启发。第二天早上醒来,乐乐呵呵的,该上班上班,该上学上学。别跟自己较劲,别跟别人算计:"我听于谦跟这儿神侃二十来分钟,能收获多少知识,捞着多少干货……"每天都高高兴兴的,就够了!

闲白儿

说起侃大山、扯闲白儿，全国人民公认，北京的哥特别能侃。老百姓有句话怎说来着："北京的哥，国内的事全掌握；国际上的事，最起码掌握多一半儿。"这些年，有关部门为了交通安全，好像是特意有规定，不准北京的哥随便跟乘客侃大山。可您要是本身就是好聊的主儿，上了车愿意主动跟的哥搭搭话，他们照样还是能把您侃得晕头转向、五迷三道的。

我小时候，最愿意听两种人聊天儿。一种就是胡同大杂院里边，俩老太太打架，互相骂街。哎哟，那好玩儿！但凡赶上老太太骂街，我肯定搬一小板凳，坐旁边儿看着！有朋友就说了，您这纯粹就是心理变态，唯恐天下不乱，看热闹不嫌事儿大！

真不是。我掏心窝子跟您说，以前那种小脚老太太，您甭看普遍没上过学、没文化，真要是说起那种特别生活化的语言，那绝对是一等一的大师。正经大学中文系，搞语言学的教授，比不了！尤其是北京老太太，京腔京韵，俩人打架骂街，全身心投入，嚯，大脑高速运转，你一句我一句，唇枪舌剑，用现在的话讲，互怼！您坐在旁边听，绝不比听相声的感觉差。

再有一种特有意思的聊天，就是几个北京老大爷，闲得没事儿，坐那一块儿神侃。

过去那老大爷，跟老太太可不一样，年轻的时候上过学的人多一点儿，基本上能识点字，聊起天儿来境界也就不一样了。几个老太太凑一块儿聊天，撑死了也就是谁家的媳妇儿怎么怎么着，不孝顺，过门儿刚四个月，肚子就大得跟八个月似的，再不就是今儿自由市场黄瓜比昨儿便宜一毛钱——就这些乱七八糟的。

老大爷比老太太有文化，聊的内容也都是讲今说古，用我们相声的话说："上知天文，下知地理，中晓人和；明阴阳，懂八卦，晓奇门，知遁甲；自比管仲乐毅之贤，报西北座，笑傲风月，未出茅庐，先定三分天下。"嚯，那有意思！

特别是冬天，下午三四点钟，太阳正足的时候，墙根那儿向阳背风的地方，几个老头儿，拿着小马扎小板凳儿往墙根底下一坐。大太阳地方，揣着手，吸溜着鼻涕，天南海北地这么一聊——您要是有工夫，坐在旁边听上俩钟头，嘀，长知识去吧！

这事儿不是我瞎说啊，北京大学有位老教授，张中行先生，那是有名的大学问人，跟季羡林、金克木并称"燕园三老"。张中行先生写了本书叫《负暄琐话》，讲的都是以前老北京大学那些杂七麻八特别有意思的事儿。"负暄"这俩字，当什么讲呢？暄是太阳，负暄，就是几个老头闲得没事儿干了，下午睡醒了觉起来，找个有太阳、暖和地方往那儿一坐，一聊天，我说说，您听听，再想想当初……说来说去，就说出这么一本书来。

再往前头说，清朝有个蒲松龄，写了本《聊斋志异》，讲的全是乱七八糟闹神闹鬼的事儿。《聊斋》这本书是怎么写出来的呢？据说，当年蒲松龄就是跟大道边上搭了个棚子，夏天舍凉绿豆汤，冬天舍热茶，外带免费指路。谁要是愿意跟棚子那儿坐会儿，喝口水、歇歇腿儿，都成，不要钱。唯一的条件，就是不能干坐着，多少都得跟蒲松龄那儿聊会儿，讲点自己老家稀奇古怪的小故事。蒲松龄坐在那儿，每天一边听一边记录，最后攒出来这么一本《聊斋志异》。

明朝有个大学问人叫李贽，他说过这么句话："穿衣吃饭，即是人伦物理。"大学教授跟讲台上站着讲课，三角几何微积分，大代数小代数，那是一种学问。咱普通老百姓，坐墙根儿底下，晒着太阳扯着闲白儿，先说山后说天，说完了大塔说旗杆，海子城门骆驼象，什么大说什么，东家长西家短，仨蛤蟆五个眼，这也是一种学问。

我呢，当然本身就是个相声演员，一个说相声的北京闲散艺人，正经没上过几年学，没法儿冒充知识分子，最多也就是时不时地跟您在这儿扯扯闲白儿。咱们一说一乐，一玩一闹，捎带手儿地，多少还能有一点收获。没必要把自己每天的日子都搞得那么严肃，您说，是不是这道理？

（全书终）

于谦

中国铁路文工团相声演员,德云社成员。

1982年考入北京市戏曲学校相声班学艺,在校期间曾跟随相声名家王世臣、罗荣寿、高凤山、赵世忠学习,1985年拜师石富宽先生。1995年毕业于北京电影学院影视导演系。

2002年起与郭德纲合作表演相声至今。

于谦杂货铺

产品经理：王 胥　　封面设计：付诗意
营销经理：班 欢　　特约印制：陈 金
产品监制：贺彦军　　策 划 人：吴 畏

图书在版编目（CIP）数据

于谦杂货铺 / 于谦著. -- 杭州：浙江文艺出版社，2020.6

ISBN 978-7-5339-6124-4

Ⅰ. ①于… Ⅱ. ①于… Ⅲ. ①随笔－作品集－中国－当代 Ⅳ. ①I267.1

中国版本图书馆CIP数据核字(2020)第092862号

于谦杂货铺
于谦　著

责任编辑　罗　艺
封面设计　付诗意

出版发行	浙江文艺出版社
地　　址	杭州市体育场路347号　　邮编　310006
网　　址	www.zjwycbs.cn
经　　销	浙江省新华书店集团有限公司
	果麦文化传媒股份有限公司
印　　刷	北京盛通印刷股份有限公司
开　　本	1092毫米×787毫米　　1/32
字　　数	127千字
印　　张	10.5
印　　数	1—40,000
版　　次	2020年6月第1版　　2020年6月第1次印刷
书　　号	ISBN 978-7-5339-6124-4
定　　价	49.80元

版权所有　侵权必究

如发现印装质量问题，影响阅读，请联系021-64386496调换。